KB046536

고전 리뷰툰

유머와 드립이 난무하는

고전
리뷰툰

키두니스트
글·그림

북바이북

소설을 리뷰하겠다는 생각이 처음 든 것은 2018년 말, 『멋진 신세계』를 하루 만에 다 읽어버린 날이었다. 그 무렵 나는 몇 년간 독서다운 독서를 하지 못해 목말라 있었다. 특히 고전 문학에 대한 갈증은 거의 두려움으로까지 나타났다. 명작으로 역사에 남은 작품 대부분은 내 인식 너머에 있었다. 그래서 막연히 그게 얼마나 대단한 내용일지 상상하고, 위대한 고전을 마음껏 접할 시간이 없다는 사실에 절망하곤 했다.

『멋진 신세계』는 그 내용이 궁금했던 작품 중 단연 으뜸이었다. 첫 장을 펴자마자 순식간에 빠져들어 그다음 날 새벽까지 독서를 멈출 수 없었다. 독서의 공백기가 만든 갈증 때문이었을까. 엄청나게 많은 감상이 떠올랐다. 그러나 그것을 단순히 글로 쓴다면 당시 느낀 감동과 재미를 온전히 표현할 수 없을뿐더러 많은 사람이 읽어줄 것 같지도 않았다. 그래서 한동안 손을 놓았던 만화 형태로 리뷰하기로 했다.

그런데 문학을 만화로 리뷰하는 것은 만만한 일이 아니었다. 우선, 선례가 없다시피 했다. 영화 쪽은 이미 리뷰 만화가 활성화되어 있고 『부기영화』처럼 인기를 끈 사례도 있지만 책은, 그것도 고전 문학은, 게다가 내가 하려는 것처럼 긴 분량의 만화는 찾아보기 어려웠다. 막막하기도 했지만 새로운 형태의 독후감을 써내겠다는 오기도 생겼다. 그렇게 『멋진 신세계』 편을 고생스럽게 그려냈다.

　시작이 반이라고 하는데 실제로 그랬다. 첫 편은 무에서 유를 생산하는 과정이었다. 어떤 순서로 뭘 그릴 건지 체계조차 안 잡혀 가장 고생을 했던 것 같다. 이제껏 창피하다는 이유로 날 표현하는 캐릭터(이하 '자캐') 조차 없었으나 부득이하게 만들어내야 했다. 그래서 첫 편을 그릴 당시의 헤어스타일과 입고 있던 옷을 참고해 최대한 무난하게 자캐를 만들었다(못생기진 않다는 이유로 예상 밖의 인기를 끌고 말았다). 굳이 이런 노력을 한 이유는 자캐가 누군가와 대화하듯 해설하는 편이 훨씬 재밌을 것 같았기 때문이다. 이 캐릭터가 가상의 독자, 그리고 등장인물과 대화를 나누는 형식이 되자 만화의 진행이 확실히 부드러워졌다.

　유머와 드립에도 모든 감각을 쏟아부었다. 작품 속 캐릭터도 SD 형태가 아닌 진지하고 멋있는 모습으로 그려냄으로써 내가 독서하며 상상했던 매력을 최대한으로 뽐내도록 했다. 그 편이 작가인 나와 독자 모두에게 재밌는 리뷰가 될 것이라는 생각에서였다. 결국 요점은 재미였다. 리뷰 만화이기에 내가 느낀 작품 감상이나 분석을 전달하는 것이 목석이었으나 그것 못지않게 작품의 재미를 전하는 일도 중요했다. 그러려면 리뷰부터가 재밌어야 했다. 리뷰가 진지하고 분석적이기만 하면 누가 그 책을 읽고 싶겠는가? 이것은 고전 문학 리뷰가 진지한 것 일색임에 불만을 가졌던 나 개인의 욕심이기도 했다.

독서, 특히 고전 문학 독서라는 취미는 외롭기 마련이기에 단순한 후기가 아닌 '영업하는 리뷰 만화'를 그리고자 했다. 따라서 힘을 빼고 재밌게, 내용은 분량이 허락하는 선에서 최대한 방대하게 그리는 것이 목표였다. 그렇게 함으로써 커뮤니티의 댓글들이 평소엔 언급도 안 하던 세계 문학에 대해 떠드는 모습을 보고 싶었다. 다행히 이것은 매우 즐거운 형태로 현실화됐다.

『멋진 신세계』 편을 시작으로 몇십 편에 달하는 리뷰 만화를 그려냈다. 그러면서 만화 그리기도 손에 익어갔고, 연재 과정에서 방대하고 깊은 독서를 하며 점점 많은 명작이 내 인식 안으로 들어왔다. 명작에 대한 막연한 두려움은 사라지고 진정으로 독서를 즐기게 된 것이었다. 당초 목적은 독자에게 책 내용을 소개하는 것이었으나 가장 큰 수혜자는 나 자신이 되고 말았다.

다만 한동안 인기가 지지부진했던 것이 불만이었다. 그 점은 한번 용기를 내어 디시인사이드에 만화를 올린 후 해결되었다. 당시에 나는 그간 그려둔 리뷰를 하루에 한 편씩 한 달이 넘게 올리는 미친 짓을 했는데, 그 기간은 살면서 가장 행복하면서도 고생스러운 시기였다. 그래도 결국 100개에 달하는 댓글들이 고전 문학에 대해 드립을 치며 대화하고, 내 만화가 사랑받는 광경도 봤다. 더불어 출판 제의까지 받아 만화를 재편집하는 행운을 누렸다.

공교로운 것은 연재한 몇십 편 중에서 극소수에 불과한 '비판 만화'가 원치 않게 가장 많은 주목을 받은 점이다. 물론 내가 모든 작품을 좋게 본 것은 아니기에 개중에는 신랄하게 비판한 것들도 있다. 그러나 웬만하면 좋은 말을 쓰려고 하고, 비판하더라도 그 기저에 애정이 깔린 비판을 쓰고자 했다. 웹 연재 시절에는 비판을 넘어 비난이 주가 되는 만화도 몇 개 그렸었다. 하지만 그런 편은 나 자신도 그리면서 즐겁지 않았을뿐더러 수많은 독자의 분노를 각오해야 했다. 그것은 오늘날에 와서 평가가 첨예하게 갈리는 작품이 아니라 이미 옛적에 사람들에게 인정받은 고전을 리뷰하기에 생기는 문제였다. 어쨌든 스스로 가장 만족한 리뷰들은 작품에 대한 애정과 '덕력'이 깃든 편이다. 따라서 이 책에는 비판하는 작품이 아닌 개인적인 추천작 위주로 담았다는 점을 감안하고, 그저 순수하게 즐겨주었으면 한다.

또 하나 말하고 싶은 것은 그 추천작이 전부 해외 문학이라는 점이다. 국내 문학을 리뷰해달라는 요청이 꾸준히 있었지만, 안타깝게도 그것은 내 의욕을 아득히 넘어서는 일이다. 나에게 독서란 유희이기도 하지만 간접적인 해외여행이기도 하다. 나는 예나 지금이나 국내보다는 국외에 관심이 많으며, 영미권 문화에 아무런 정서적 위화감을 못 느낄 정도로 해외 문학에 푹 빠져 살아왔다. 책까지 나온 이상 이러한 리뷰를 업으로 삼은 것이나 다름없으니 국내 문학을 완전히 배제하겠다고 말할 순 없다. 그러나 최소한 이번 단행본은 전부 해외 고전으로만 구성되었음을 알리며, 이 점에 양해를 구한다. 더불어 작가의 취향이 반영된 만큼 고딕 장르와 추리물의 비중이 크다. 혹시라도 이런 장르가 취향이 아니라도 만화의 연출과 농담을 즐기면서 읽어주길 바라고, 취향이 비슷하다면 리뷰에 한껏 공감하며 웃어주었으면 한다.

마지막으로 단행본화 작업에 관해 이야기하겠다. 사실 30편이 넘는 리뷰 중 10편가량만 수록된다는 점은 큰 고통이었다. 절반만 죽이는 타노스가 자비롭게 느껴질 정도였다. 다행히 최종적으로 반드시 이것만큼은 넣으리라 다짐했던 원고 상당수가 수록되었다. 그것들 대부분은 이미 검증된 옛 장르 문학이며 유쾌하게 혹은 음산하게 시대를 반영한 것들이다. 하나하나를 다시 그리며 해당 작품이 선택되었다는 점에 안도했던 기억이 생생하다.

또한 웹 연재 당시 불만족스러웠던 원고를 재작업하며 보완하는 행운을 누릴 수 있었다. 수록 작품 수가 적은 만큼 퀼리티를 높이기 위해 최선을 다했다. 생각 없이 저질렀던 고증 오류 및 실언, 조악한 그림체를 수정했으며, 시리즈를 제대로 읽지도 않고 리뷰해버린 몇몇 작가의 작품은 아예 책을 다시 읽고 새로 그리기에 이르렀다. 전집 전체를 기반으로 재작업한 에드거 앨런 포 편과 러브크래프트 편, 그리고 대표작 중심으로 재작업한 긴다이치 코스케 편이 그 노력의 산물이다. 단행본 작업을 하면서 약간의 트리비아도 추가했으니 함께 즐겨주시길 바란다.

더불어 웹 연재를 하지 않은 두 편의 원고가 추가되었다. 걸작으로 꼽혀서 상당한 분량을 차지한 『걸리버 여행기』 편, 그리고 특유의 기이한 매력으로 많은 이의 사랑을 받는 카프카 편(안타깝게도 단편만을 리뷰했다)이 그것이다. 웹 연재를 모두 본 독자에게 새로운 즐거움이 되기를 바란다.

유감스럽게도 독서라는 취미에 기묘한 환상을 품는 사람이 많다. 그러나 독서에 반드시 깊은 깨달음과 사유가 필요하지는 않다. 모든 취미가 그렇듯 독서 또한 즐거움에 기반을 두어야 한다. 그저 여행을 떠나듯, 영화나 게임을 즐기듯 책을 즐기는 사람이 많아지기를 바란다. 많은 이가 고전 명작 속 주인공을 놀리며 웃을 수 있기를, 그리고 그 웅대한 서사에 빠져들 수 있기를 바란다.

길지 않은 글을 마치며 이 책이 나오기까지 신세를 진 블로그, 창작 만화 게시판, 카툰 연재 갤러리, 독서 갤러리의 독자들에게 감사의 말을 전한다.

차 례

놀랍게도 『멋진 신세계』는 이 세 가지 중 하나도 해당하지 않습니다!

아니, 그럼 디스토피아 소설이 아니지 않나요?

그 어려운 걸 헉슬리는 해냅니다.

Chapter 1

Brave New World

어쩌면 꽤 괜찮은 세상

『멋진 신세계』

『멋진 신세계』를 처음 읽은 것은 대학 생활 막바지에 이르러서였습니다.

간만에 고전 문학 좀 읽고 싶다.

그런 정상적인 거 말고.

아! 셰익스피어 같은 거?

막 엄청 자극적이고 읽고 나서 악몽 꾸고 며칠은 우울증 걸릴 작품 없나?

그딴 걸 왜 고전에서 찾고 앉았어.

『소동의 120일』 정도면 되려나?

간만에 여유로운 날이었습니다.
처음엔 적당히 자극적인 책이나 볼 요량이었죠.

정작 도서관 오니까 혼란함.
모파상이 이상한 거 많이 썼다는데 그거 볼까?
아니면 진짜로 『소동』 봐버려?

그러다 우연히 눈에 들어온 책.

어? 이거…
조지 오웰의 『1984』랑
매번 비교되는 책 아냐?

디스토피아물의
교과서!

이전부터 읽고 싶었기에
닥치고 집어 들었습니다.

그렇게 3시 반쯤부터 읽기 시작해서,

안 돼.
다음 내용!

졸리니까
좀만 보다 가자….

7시에 열람실에서
쫓겨날 때까지 읽고,

역에서 친구 기다리면서 또 읽고,

이거 다 읽기 전에
나무위키 켜나 봐라.

집에 와서 또 읽다가,

헉슬리 님,
날 가져요.
엉엉.

새벽 3시에 다 보고 잤습니다.

이제 쉴 수 있다···!

읽는 건 하루 만에 끝났지만 리뷰를 쓰는 데는 오랜 시간이 필요했습니다.

머릿속으로 정리할 시간이 필요했어요.

후기를 남기고 싶어 죽겠는데 뭐부터 써야 할지 모르겠더라고요.

여하튼 독서의 목적은 달성했어요. 읽고 나서 며칠 동안은 허무함과 혼란에 휩싸였으니까요.

엄청 자극적이긴 했어요····.

아, 절대 나쁜 뜻은 아니에요. 이 책은 진짜 최고예요!

이전까지 가장 존경하는 작가는 움베르토 에코였는데 이젠 거기에 헉슬리가 추가될 것 같아요.

포드 님 만세!

『멋진 신세계』가 인상적인 이유는 의외성과 은근함에 있다고 봐요.

실제로 읽으면 이해하실 겁니다.

우선 세계관을 짚고 가자.

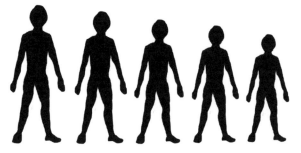

알파　　　베타　　　감마　　　델타　　　엡실론

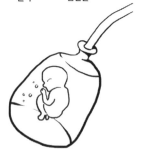

먼 미래에 인간은 다섯 개 등급으로 구분된다. 이 안에서 플러스(+), 마이너스(-) 등급으로 또 나뉘며 등급은 태아 때 결정된다. 키와 지능 조정, 학습은 모두 태아 시절에 이루어진다.

알파 등급은 지능이 가장 높고 키도 제일 크다. 고등교육을 받으며 고도의 지식이 필요한 업무를 한다.

HA HA HA

키가 알파 등급이 아닌데? 태아 때 잘못 분류했나 봐!

하, 인생….

버나드 마르크스는 알파 더블 플러스 등급!

베타 등급은 알파 등급과 큰 차이는 없지만 좀 더 기술적인 업무를 한다.

베타라서 행복해요.

레니나 크라운은 베타 등급!

헨리 포스터는 알파 등급!

당신이 앱실론 등급이면 앱실론이라 행복하다고 했겠지.

감마, 델타는 더욱 간단한 업무를 수행하고 앱실론 등급은 공장에서 단순한 일만 한다. 하위 등급은 직무에 걸맞도록 각종 지적 장애가 수반된다. 다양한 형질도 필요 없는 등급 이라 수십 명의 쌍둥이가 양산된다.

여기까지는 전형적인 디스토피아 세계로 볼 수 있다.

아니, 태아 때부터 등급을 나눈다고? 세뇌까지 하고?

이런 계급제 사회라면 하위 등급들은 혹사, 학대를 당할 거 아냐! 상위 등급만 행복하게 살고!

그렇지 않다. 하위 등급도 행복하게 지내고 적은 근무 시간을 보장받는다. 그냥 일하는 장소가 공장일 뿐이다.

어…? 그래도… 상위 등급이 막 대하면 어떡해?

Delta

개꿀 빨아요!

알파 등급이 하위 등급에게 명령하는 건 맞지만 그렇다고 때리거나 학대하진 않는다. 애당초 이곳 사람들은 과격한 행동을 혐오하도록 교육되어 남을 때리는 일은 거의 없다.

내 키가 작다는 이유로 아래 등급들이 말을 잘 안 들어.

그래도 패지는 않아! 소리 정도는 지르지만.

아니, 음…
그래도 이건….

덧붙여 이곳은 하느님 대신 헨리 포드를 섬긴다. 성호를 긋고 포드력 달력을 쓰고 '빅 벤' 대신 '빅 헨리'라고 부른다.

되게
깨알 같아….

Before Ford

After Ford

♪
♪

그 이유는 포드가 대량 생산 체제를 확립했기 때문이다. A.F.(After Ford) 32년엔 인간 아기들도 대량 생산을 하고 있다.

포드 씨,
알아보니까 이 책
나오고도 15년쯤
더 사셨던데…
혹시 읽어보셨어요?

Alpha Baby
Line

한편 부모라는 개념은 추악한 것으로 간주된다. 모성애, 부성애, 일대일 연애 감정과 같은 강한 애정도 금기 대상이다. 다만 일회성 만남과 자유로운 성생활은 권장된다.

한 남자랑만 데이트하면 안 돼, 레니나.

바람 좀 피워!

뭔 소릴 하는 거야, 재넨.

아니, 앞뒤가 안 맞잖아…. 그러다 임신이라도 하면 부모 되는데?

당연히 미래 기술로 만든 완벽한 피임약이 보급된다.

약 먹으면서 뭔가 이상하다고 못 느끼나.

게다가 강한 애정이 금기면 사랑으로 느끼는 행복도 없겠네.

행복은 각종 오락과 '소마'라는 마약이 준다. 이 마약은 등급과 상관없이 골고루 지급된다. 그리고 강한 애정이 없으면 슬픔도 없다. 작품 속 세계는 행복의 총량을 늘리는 공리주의 유토피아인 것이다.

아니, 나도 공리주의 좋아하긴 하는데….

더 반박할 말은?

··· 캐릭터 리뷰로 넘어가자.

가랑비에 옷 젖는 줄 모르게 납득하게 되는 무서운 세계관은 그렇다 치고, 이번엔 캐릭터에 대해 알아보자. 이 작품의 주연은 전부 알파 아니면 베타 계급이다. 다양한 계급을 다루었으면 더 좋았을 텐데 아쉬울 따름이다.

캐릭터 관련해선 할 말이 많습니다!

왜냐하면 얘네 대부분이 독자 예상대로 행동하질 않아서 끝도 없이 혼란을 주거든요!

첫 번째는 헨리 포스터. 가장 먼저 등장하는 인물이다. 관습에 충성하는 엘리트. 숫자에 집착하는 게 특징. 이것만 읽어도 어떤 캐릭터인지 감이 온다.

안경은 그냥 어울릴 것 같아서 씌웠습니다.

보카노프스키법으로 최대 96쌍둥이가 아프리카에선 200쌍둥이···.

어이쿠, 영광입니다. 소장님. 하하.

버나드 마르크스와 라이벌 관계. 업무 능력은 비슷한데 미남에 인싸라서 버나드가 열폭하는 대상. 버나드가 좋아하는 레니나와 자주 데이트한다.

하! 각 나오네. 이런 캐릭터는 주인공과 대립하지.

나중에 사회 저항 세력인 버나드를 제거하려 둘 중 하나가 죽거나 하겠지? 아니면 최후에는 본인도 뭔가 이상한 걸 느끼고 갈등하다가 암살당하나?

내심 멋있는 활약을 기대했습니다.

죽음은 아무것도 아냐, 버나드. 자네의 시신은 만인을 위해 쓰일 거야.

포드 이전 시대에도 행복이 있었다···? 아냐! 우리가 틀렸을 리 없어···!

오버하지 마라. 헨리 포스터는 초반 이후 공기화된다. 그냥 조연임.

왜요?!

그럼 왜 초반엔 그리 비중 있게 나온 거.

왜요는 일본 노래고.

두 번째는 레니나 크라운. 이 작품의 히로인. 직장의 아이돌 같은 존재. 최근에 헨리 포스터 한 사람과만 만나고 있다. 다른 여자들과 달리 버나드를 마음에 들어 한다. 괴짜 취향인 듯.

왜 꼭 여러 사람과 만나야 하는 거야?

버나드, 야만인 보호 구역에 들어가요. 원주민을 보고 싶어요.

오, 일대일로 연애하고 싶은 거구나!

아마 헨리가 그걸 이해 못 하고 요주의 인물로 점찍거나, 버나드와 같이 저항 세력에 들어가겠지?

헨리, 네가 사랑 새끼냐.

이 세계 싫어요. 우리 그냥 야만인처럼 살아요!

총통 각하, 저 여자가 저와 반사회적 관계를 요구해서···.

아니, 그냥 알아서 사회와 타협한다. 취향이 약간 특이할 뿐, 그냥 일반인 포지션임.

뭐 이리 허무해?!

그래. 바람을 피워야겠어.

야만인 구역은 한 번 간 거로 충분해.

초반에 그 특이한 모습은 왜 나온 거고?

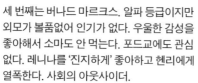

세 번째는 버나드 마르크스. 알파 등급이지만 외모가 볼품없어 인기가 없다. 우울한 감성을 좋아해서 소마도 안 먹는다. 포드교에도 관심 없다. 레니나를 '진지하게' 좋아하고 헨리에게 열폭한다. 사회의 아웃사이더.

난 키도 베타 마이너스만 하고 여자한테 인기도 없지. 그래도 저 멍청이들처럼 마약에 의지하지는 않아.

자, 오늘도 저 폭풍우를 보며 고독을 씹어보자….

앤 주인공이다.

다른 건 몰라도 앤 무조건 주인공이야.

아아, 멋진 신세계여.

사회 체제에 반대하잖아. 아마 시위든 쿠데타든 일으켜서 체제 전복을 시도하고,

레니나와 함께 반체제 인사가 되겠지. 마지막엔 정부 기관에 끌려가서 세뇌당하거나 죽겠지? 혼자 살아서 섬으로 도망갈 수도 있지만.

자넨 너무 설쳤어.

아니, 어쩌다 공을 세워서 인기 많아지니까 그냥 다 때려치운다.

인싸 되니까 이 세계도 꽤 괜찮구먼.

레니나도 이제 관심 없어.

진짜 그냥 루저가 허세 부리는 거였어?!

애초에 저 열폭쟁이에 허세에 전 녀석을 너무 좋게 본 거 아니냐.

그야 이 작품에서 몇 안 되는 공감되는 사람이니까! 열폭도 인간미로 보이는 세계관이라고!

으아아, 소장님! 제발 저 지방 발령 내리지 마세요! 우울한 거 좋아하지 않느냐고요? 그거 다 중2병이에요! 농담도 몰라서.

연애도 칭찬도 다 지겹다. 좋은 문학을 쓰고 싶지만 여기에 소재는 쥐뿔도 없지….

네 번째는 헬름홀츠 왓슨. 뭐 하나 빠지지 않는 완벽한 남자. 작가 지망생. 하지만 버나드처럼 이 세상에 환멸을 느낀다. 물론 열폭이 아니라 모든 게 시시하고 허무해서 그런다.

헬름홀츠 씨 오늘도 멋져!

그래도 통하는 게 있어서인지 버나드와는 절친하다.

와 씨, 나는 맨날 베타 등급으로 오해나 받고, 하위 등급도 내 말은 안 듣고, 여자한테 인기도 없고, 소장은 나 전출시키려고 하고, 인생 왜 이럼?

그래그래, 다 털어놔. 나는 너 징징거리는 거 듣는 게 좋더라. 보다시피 나도 인생이 허무해.

버나드 마르크스의 이름은 버나드 쇼와 칼 마르크스에서 따왔지. 이 사람은 헤르만 헬름홀츠에서 따온 건가?

그래, 참 안됐다 새꺄.

앞처럼 예상해보자면 버나드와 합류해서 체제에 저항할 수도 있겠지만…

얘는 캐릭터 자체가 너무 점잖고 사색적이어서 왠지 안 그럴 것 같아.

비중도 묘하게 적고.

아 씨···.

맞음. 실제로 별거 없음. ㅎ

여기까지 제가 책 읽으면서
느낀 감상을 대화 형식으로
그려봤는데요.

『멋진 신세계』특징이 이거예요.
갈등이 일어날 요소는
충분한데 그걸 죄다
쓱쓱 넘겨버립니다.

저도 등장인물 간
갈등이 심한 건 싫어하는데,
이 책은 갈등 좀 했으면 좋겠어요!
사건 자체가 안 일어나니 원.

그래서 모든 인물이
이렇게 수동적으로
끝나느냐?
그건 아니에요.

유일하게 뭔가
하려고 하고,
독자 예상대로 행동한
인물이 있었어요.
딱 한 명.

야만인 존.

실수로 임신하고
야만인 보호 구역에 들어간
'어머니'가 낳은 아이.

야만인 보호 구역은 아메리카 원주민 보
호 구역과 비슷합니다. 문명국과 분리
되어 아직까지 가정을 이루고, 아이를
출산하고, 마약도 안 쓰는 유일한 곳.

레니나,
당신이 임신해서
아이를 낳아 키운다고
상상해봐.

…

이 말이 이 세계관에서는 저질 섹드립과
패드립 합친 것만큼 무례한 겁니다.

그런데 야만인 구역에서 조난당한
이 '어머니'는 혼자 아이를 낳았습니다.
이미 제정신이 아니죠.

농사는커녕 바느질도 할 줄 몰라,
소마는 하나도 없지, 하던 대로
남자랑 만났더니 그 아내들이
몰려와 개 패듯 패지….

날 그렇게
부르지 마!

엄마….

아들은 좀 크더니
자길 '엄마'라고 부르지.
아주 미치는 겁니다.

그래서 아들에게 문명 세계가 얼마나 깨끗하고 행복한지 말해줍니다.

병 속에서 자라는 태아들, 4D 영화, 스포츠, 깨끗한 옷, 건물, 향수….

아들 존은 폐허에서 찾아낸 셰익스피어 전집으로 영어를 배운 문학 소년입니다. 그래서 『템페스트』의 한 구절을 빌려 이렇게 감탄하죠.

이 멋진 인간들이여! 이 얼마나 아름다운 인간들인가! 오, 멋진 신세계여…!

나중에 몸소 문명 세계를 체험 하고 나서도 똑같이 말합니다.

오, 멋진 신세계여….

뉘앙스야 좀 다르지만.

조지 오웰의 『1984』가 압제형 디스토피아라면 『멋진 신세계』는 쾌락형 디스토피아라고 합니다.

제 경우는 쾌락형 디스토피아 자체를 이 책으로 처음 접했죠.

작품 속 세계는 살기 좋습니다. 행복하고, 더없이 편안한 세상입니다. 그러나 이곳의 본질은 존과 총통의 대화에서 드러납니다.

사람들에게 저질 4D 영화 말고 〈오셀로〉 같은 걸 틀어주세요.

그런 걸 틀어봤자 아무도 이해하지 못해.

지금까지 접한 디스토피아는 진실을 숨기기에 급급했습니다. 그래서 일단 진실을 밝혀내면 변화의 기회도 있었습니다.

우울할 때는 반 그램의 소마를!

그런데 『멋진 신세계』에서는 진실이 드러나도 변화가 없습니다. 애초에 숨기려 하지 않았거든요. 사람들이 알고 싶지 않아 한 것뿐.

과거엔 압제형 디스토피아를 주로 경계했었죠. 실제로 중국이나 북한처럼 그 우려가 실현된 곳도 있지만…. 요즘 같은 시기에는 쾌락형 디스토피아를 더 경계해야 하지 않을까 싶습니다.

…행복만이 존재하니 유토피아라고 착각할 수도 있는데요.

껌찜

Behind Story

신기하게도 이 리뷰는 초기작임에도 불구하고 단행본이 나오기까지 내용 수정을 전혀 하지 않았습니다. 처음부터 워낙 고심하여 그려냈기 때문에 더할 것도 뺄 것도 없었습니다. 다만, 그림에는 상당한 변화가 있었습니다. 초기 그림은 정말 지저분했었죠.

가끔 힘들 때는 이런 세상도 나쁘지 않겠다고 상상하고는 합니다. 누구나 한 번쯤은 그러지 않을까요? 실제로 『멋진 신세계』의 디스토피아는 상당히 얌전한 편입니다. 어떻게 나쁜지 설명하려면 『1984』보다 훨씬 많은 말이 필요하죠. 그 미묘함 때문에 『1984』에 비해 내용이 덜 알려졌는지도 모릅니다. 그게 매력이지만요.

참고로 이 리뷰가 『멋진 신세계』의 모든 것을 대변하지는 않습니다. 두 꺼운 책은 아니지만 그 안에는 너무나 많은 내용이 들어 있습니다. 저는 굉장히 축약해서 그려놓았기 때문에 그 내용의 일부만을 담아냈습니다. 리뷰를 보고 흥미가 생긴 분은 책 전체를 읽어보시는 편이 좋습니다.

Chapter 2

1984

천재가 공상한 감시 사회

『1984』

디스토피아물의 대명사.
감시 사회의 대명사.

아무리 책에 관심이 없더라도
이 책 제목을 안 들어본 사람은
거의 없으리라 생각합니다.
특히 '빅 브러더'라는 용어는
너무 유명해져서 아예
감시하는 권력자의
대명사로 쓰일 정도죠.

디스토피아 소설의 원조로 러시아 작품인 「우리들」이 있긴 하지만, 인지도 면에서는 『1984』가 월등하기 때문에… 아마 요즘 나오는 디스토피아물은 대부분 이 작품의 영향을 받았을 겁니다. 오히려 『멋진 신세계』는 좀 특이해서 그런지 아류작이 적은데, 『1984』는 세계관 자체가 클리셰가 되어버렸을 정도로 많죠.

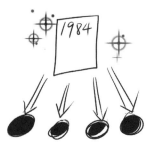

독재자가 국민들을 지배하고 일상생활을 세세하게 감시하는 건, 하다못해 현실에도 몇 개 있어서 그런지 너무 식상하네요. 그렇죠?

어디라고 굳이 말하진 않을게요. ㅎ

하지만 고전은 고전인 이유가 있습니다. 아무리 그 발상과 내용이 익숙하더라도 다른 아류작들을 다 씹어 먹는 무언가가 있기에 고전인 겁니다. 조지 오웰이 이 작품을 완성한 건 1948년 말이지만 아직까지 잘나가잖아요.

이제 저 연도에서 뒤에 있는 숫자 두 개의 위치를 바꿔보세요.

그렇습니다. '1984'라는 제목은 집필 당시 연도를 뒤집은 거였습니다. 조금만 늦게 썼어도 제목이 '1984'가 아니라 '1994'가 될 뻔했습니다.

이 제목이 오웰의 첫 아내가 1930년대에 쓴 시의 영향을 받았다는 의견도 있습니다.

시 제목이 「1984」고 내용도 미래 세상을 관조하는 거거든요.

1940년대는 냉전이 본격적으로 시작되고 사회주의 분파가 파시즘적 행보를 보이던 때였죠. 그래서 당시에는 먼 미래인 1984년에 이런 사회가 펼쳐지면 어떨까 하고 쓴 거였다지만,

지잉

실제론 1984년에 소련은 붕괴 직전이었고 세계도 꽤 평화로웠습니다.

오히려 어떤 의미에선 지금보다 평화롭지 않았나요? 다행히 조지 오웰의 경고는 실현되지 않았습니다.

우리나라는 아직 군사 독재긴 했지만…

아무튼 실제 1980년대는 생각보다 괜찮았어요.

오히려 지금이 코로나다 뭐다 해서 더 흉흉해진 느낌이….

리뷰에 앞서 말씀드리면 제가 조지 오웰 작품을 읽은 게 이번이 처음은 아닙니다. 『동물농장』을 읽고 독후감 대회에서 상 받은 적이 있거든요.

초등학생 때요.

돼지를 죽입시다.
돼지는 나의 원수.

난 설마 벤저민이
마지막까지 아무것도
안 할 줄은 몰랐다.

왜 나폴레옹 저거는 죽지도 않는가.

오늘 저녁은 삼겹살이다.

대체 왜!
초등학생 때
『동물농장』이
권장 도서였을까요!

저걸 읽고 제대로
이해할 초딩이
몇이나 되겠어요?!

돌이켜보니 온갖
어두침침한 책은
다 어릴 때 읽었어.

아무튼 돌이켜 생각하면 그때부터 조지
오웰의 성향을 알 수 있었습니다. 그는
사회주의를 신봉하면서도 그 사상의 위
험한 측면을 배격하고 있었습니다.
『동물농장』은 농장의 동물들이 농장주
(착취자)를 쫓아내며 시작합니다.

그리고 이제 농장주가 사라졌으니 모든 동물이 평등하게 살아갈 것을 공표합니다. 이렇게만 들으면 이제부터 지상 낙원이 펼쳐질 것 같죠.

모든 동물은 평등하다.
네 다리는 좋고 두 다리는 나쁘다.
어떤 동물도 옷을 입으면 안 된다….

그러나 실상은 달랐습니다. 평등이라는 미명하에 새로운 지배자가 생겨난 것입니다. 농장의 돼지들은 사실상 다른 동물들 위에 군림하며 또 다른 착취를 시작합니다.

이 과정이 실제 소련의 역사와 상당히 비슷하다고 합니다.

자세한 비유까진 안 쓸게요. 일단 『1984』와의 유사점만 짚겠습니다.

캐치프레이즈도 묘하게 바꿔놓고 말이죠.

모든 동물은 평등하다.
그러나 어떤 동물은
다른 동물보다 더 평등하다.

실제로 읽으면 이 사회가 몰락하는 과정 묘사가
아주 디테일해요. 정신이 몹시 피폐해집니다.
특히 저 캐치프레이즈는 처음엔 정말 좋은 말만
쓰여 있다가 하나씩, 그리고 조금씩 조작되고
바뀌어갑니다.

그리고 처음부터 그렇게 쓰여 있던 것처럼 그 자리에 붙어 있죠.
아무도 그걸 알아채지 못합니다. 이런 사소한 요소가 되게 절망적
으로 다가와요.

하여튼 『동물농장』에서도 사회주의(그리고 공산주의)의 모순을 조지
오웰식으로 잘 보여줍니다. 돼지들이 어느 날 두 발로 걸으며 사람
흉내를 내더니 급기야 옷까지 입기 시작하고, 마지막에는 사람과
돼지를 구별할 수 없었다고 하죠.

당초에 타도 대상이던 자본가와 사회주의 상류층은 본질적으로
다를 바가 없었던 겁니다.

맙소사!
이걸 초등학생한테
읽혔어요?

어쨌든!

『1984』를 도서관에서 빌렸을 땐
솔직히 별 느낌이 없었습니다.
너무나도 유명한 작품이라 내용도
대강 알고 있었고요.

솔직히 빅 브러더랑
오세아니아 개념만 알면
대충 다 아는 거 아니냐.

어릴 때부터 부모님이 결말부를 수십 번
말씀해주셔서 이미 스포일러를 당한 상
태였어요. 덕분에 전체 줄거리는 모르는
데 결말만 엄청나게 잘 알고 있었습니다.
이게 대체 무슨 상황일까요.

어휴,
마지막에 글쎄
쥐를….

…

근데 왜 이 유명한 작품을 여태껏 안 읽고 있었냐고요?

스포 때문은 아닙니다.

원래 진짜 명작은 스포당해도 재밌거든요.

그냥 제가 감시형, 압제형 디스토피아를 싫어해요. 너무 식상해서요.

어릴 때부터 그런 작품을 너무 많이 접해서 그런지 한 번도 참신하다고 느낀 적이 없습니다.

이것 봐! 누가 나를 감시하고 억압한대! 신선하지?

이게 신선해? 얼마나 사방에서 우려먹었는지 식상해빠졌는데?

까아

그냥 '감시'라는 키워드만 들어가면 식상함을 못 견뎌 몸부림치던 시절이라 저는 〈트루먼 쇼〉마저 지루하게 봤습니다.

그러니까 이런 작품의 고전 격인 『1984』는 읽을 마음이 안 생겼죠.

조지 오웰
글 잘 쓰는 거 알아.
명작인 것도 알아.
근데 진짜 지긋지긋해!

하지만
『멋진 신세계』도 봤으니까…
이것도 예의상 함 봐주자.

하는 생각으로 읽었습니다.

제게 힘을 주세요.
헉슬리 님…!

초반부

이것 봐.
결국 평소에 보던 거랑
비슷하잖아….

그래도
조지 오웰 필력은
어디 안 가네.

오…
중간중간 설정은
되게 괜찮은데?

결말부

어… 음…
『멋진 신세계』만큼의
새로움은 없지만…

이미 결말을 아는데도
엔텅이···.

진짜 잘 쓰기는 했네.
이래서 고전이구나.

여타 아류작과는 깊이부터 다르네요.
줄거리 요약 갑니다.

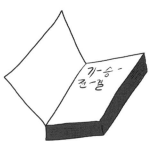

아니, 생각해보니 이 작품은 줄거리가
아니라 세계관을 요약해야겠군요!

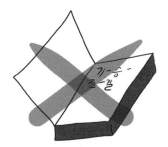

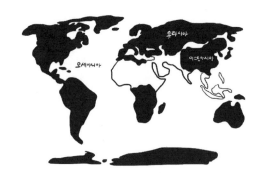

배경은 핵무기로 세계가 한번 뒤집힌 이후, 전쟁이 계속되고
있는 1984년입니다. 오세아니아와 유라시아, 그리고 이스트
아시아라는 세 개의 초거대 국가가 세계를 지배하고 있지요.
세 국가는 접경지를 두고서 크고 작은 전투를 벌입니다.

그렇다고 전쟁 장면이 나오지는 않고요.
그냥 말로만 알려주는 수준입니다.
이 전쟁은 단지 각 나라 독재자의 권력
유지 수단일 뿐입니다. 상대편을 파괴하
려는 목적이 아니에요.

아예 이 전쟁이나
세계관 자체가 거짓으로
꾸며낸 거라는 의견도 있어요.
솔직히 읽다 보면
그럴싸합니다.

오세아니아의 경우, 국민의 증오를 상
대방 국가를 향해, 그리고 국가의 역적
인 골드스타인을 향해 표출하도록 교
육합니다. 아예 하루에 증오 시간을 정
해놓고 화내라고 시킵니다. 실제로 전
투를 벌이는지도 모르겠고 골드스타
인이 실존 인물인지도 모르겠는데 아
무튼 그걸 보고 화내라고 합니다.

그렇게 공동의 적을 만듦으
로써 내부 불만을 불식할 수
있거든요. 독재 국가가 흔히
쓰는 수법이죠.

오세아니아는 영국 사회주의(이하 영사)라는 이념을 모토로 '당'의 지배를 받습니다. 영국은 그냥 거대한 오세아니아의 일부일 뿐인데 이름이 영국 사회주의래요. 하긴 작가가 영국인이니까 할 말은 없군요.

원서에서 'The English Socialism Party'를 'Ingsoc'로 줄여서 번역도 이걸 따라 한 듯한데요. 읽다 보면 계속 영사, 영사 하니까 영사관 같기도 하고 좀 묘합니다.

오세아니아는 영사를, 유라시아는 신볼셰비즘을 숭상한다네!

?
?

영사?
외교관?

그러고 보면『멋진 신세계』,『1984』,『브이 포 벤데타』전부 영국인이 쓴 작품입니다. 〈닥터 후〉에도 심심치 않게 디스토피아 미래가 나오고요. 영국이 아무래도 디스토피아물을 좋아하나 봅니다.

아무튼 위에서 말한 '당'은 조금 관념적인 존재입니다. 게다가 일당 독재라서 그런지 당 이름은 안 나와요. 그냥 당(Party)입니다.

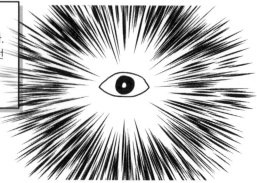

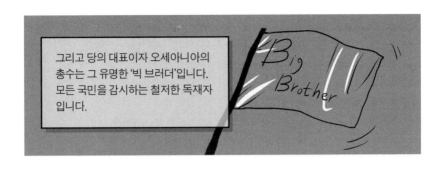

그리고 당의 대표이자 오세아니아의 총수는 그 유명한 '빅 브러더'입니다. 모든 국민을 감시하는 철저한 독재자입니다.

여담인데, 제가 읽은 문예 출판사 판본이 약간 '초월 번역'을 해놓아서요. 웬만한 건 다 우리말로 바꾸려고 노력했습니다. 빅 브러더(Big Brother)는 무려 '대형'으로 번역되었습니다. 대형, 대형 해대니 이게 당최 무협지인지 영국 소설인지 헷갈렸습니다.

우리의 목표는 대형에 대한 충성일세!

대형이 자네를 보고 있다!

대형을 타도하라!

여기 배경 런던 맞지? 홍위병 시대 중국 아니지?

자꾸 대형이 '따거(大哥)'로 들리는 건 왜지?

빅 브러더는 일종의 상징적 존재로서 진짜 사람은 아닐 가능성이 높습니다. 일단 대외적으로는 스탈린 닮은 남자의 모습인데요. 직접 등장하지는 않고 길거리에 널린 포스터나 스크린을 통해서만 보여집니다.

Big brother is watching you

이러한 오세아니아는 사회주의 주제에 세 개의 계급이 있습니다. 내부 당원, 외부 당원, 그리고 국민의 85퍼센트를 차지하는 노동자층이 그것입니다.

내부

외부

노동자층

내부 당원은 문자 그대로 상류층입니다. 하인도 두고 넓은 집에서 좋은 음식을 먹으며 삽니다. 작중 1984년에는 희귀해진 와인 같은 술도 먹을 수 있지요. 감시에서도 일정 시간 벗어날 수 있고….

스포일러 안 하느라 힘들지?

…그렇대요.

어, 조금.

중간층인 외부 당원은 여러 모로 답이 없습니다. 외부 당원이라 해서 자기 의지로 정치 활동을 하는 건 아니고요. 그냥 당의 따까리로 보시면 됩니다.

명목상으로는 중간 계층이지만 외부 당원은 노동자보다도 못한 인생을 살아갑니다. 일상 어디서나 텔레스크린과 도청 장치로 감시를 받습니다. 자유라고는 없습니다. 얼마나 자유가 없느냐면 표정까지도 맘대로 못 짓습니다. 짜증 내는 표정을 지으면 그것만으로 죄가 됩니다.

거기 스미스 씨, 아침 체조 해야죠?

이번 주부터 초콜릿 배급이 줄어듭니다. 거기 스미스 씨? 아무리 초콜릿이 좋아도 표정 관리 하세요.

유일하게 자유로운 건 머릿속 생각 정도예요.

잠깐, 이것도 사실 완전히 자유롭다고 하긴 좀…

예. 스포 안 할게요.

아니, 근데 솔직히 70년 전 작품 스포는 따지면 안 되는 거 아닙니까?

이들은 살인적인 노동 시간에 낮은 봉급, 그리고 빈곤한 배급으로 연명합니다.

새 면도날 배급은 언제 올까? 벌써 같은 걸 반년째 쓰고 있어.

초콜릿이 원래는 더 달고 부드럽다는데 진짜가?

먹는 음식도, 쓰는 물건도 형편없습니다. 주로 소비하는 물건에는 '승리(victory)'라는 이름이 붙습니다. 담배와 술 이름에도요. 아이러니하게도 이런 물건과 배급품은 전부 저질입니다.

여기서 번역자의 센스가 폭발해서 'victory cigarette'을 '승리연'이라고 번역했습니다. 그냥 '승리 담배'라고 할 수도 있는데, 대단하지 않나요?

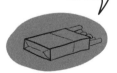

외부 당원은 사람으로서의 욕구도 제한받습니다. 어릴 적부터 성욕을 억제하는 교육을 시키고 부부간에도 서로 즐기면서 살면 안 됩니다. 모든 욕구는 쌓아두었다가 증오로 표출해야 하니까요. 애는 낳아야 하니까 성관계를 하긴 하는데 정말 의무처럼 해요.

오늘 밤에 당의 의무를 수행하자!

그래. 귀찮지만.

나도 귀찮아!

이것은 『멋진 신세계』와 가장 대비되는 점입니다. 거기서는 오히려 향락을 종용하니까요.

마찬가지로 부부, 가족, 친구, 연인 간에 깊은 애정을 지녀서도 안 됩니다. 모든 사랑은 빅 브러더를 위해 존재하니까요!

사랑 못 받고 자랐나? 왜 이래.

아예 배경이 먼 미래여서 아기도 병 속에서 만들고 유전자로 이런 것들을 조작했으면 피차 편했을 텐데, 애매하게 1984년이라 그런 건 없더라고요.

말하고 보니 그냥 감시 사회 버전 『멋진 신세계』네.

마지막으로 노동자층입니다. 이 사람들은 그냥 전근대 하류층이라 보시면 됩니다. 가난하고 힘들게 살지만 그래도 인간미 있고 사고방식도 평범합니다.

우리는 그래도 사람처럼 살고 있어!

달리 말하면, 외부 당원보다 훨씬 자유롭다는 거예요. 스크린으로 감시받지도 일상을 통제받지도 않습니다. 얼굴 표정 때문에 잡혀가지도 않아요. 성욕 표출도 자유라서 매춘도 거리낌 없이 하고 쇼핑도 결혼도 그냥 맘대로 다 합니다. 옷도 당의 제복이 아니라 입고 싶은 거 입어요.

저번에 노동자층 여자랑 매춘을 했는데, 글쎄 나이가 쉰은 돼 보이고 화장품으로 떡칠했더라니까.

그 이유는 이들을 사람으로 보지 않기 때문입니다. 사람이 아니므로 빅 브러더에 대한 교육도 안 하고, 그냥 생산만 시킬 뿐이죠. 북한의 수용소 일부 구역은 재소자를 사람으로 치지 않아서 내부에 김씨 부자 사진도 안 걸려 있다는군요. 그것과 비슷하다고 보시면 됩니다.

응? 노동자들? 대충 뭐 그냥.

물론 가끔 너무 똑똑한 놈이 나오면 곤란하지만.

하지만 이유가 어찌 되었든 그들은 자유롭게 살고 있습니다. 그래서 본문에는 미래의 희망이 노동자층 이라는 말이 나옵니다.

뭐 일단 그렇게 쓰여 있더라고요.

스포일러 안 하려고 노력 중입니다. 갈수록 스포 방지가 의미 없어 보이지만.

근데 빅 브러더의 통치가 밑도 끝도 없이 감시와 폭압에만 열중된 것은 아닙니다. 제가 여타 아류작보다 이 『1984』를 훨씬 고평가하는 이유가 거기에 있어요.

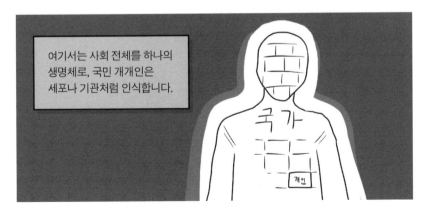

여기서는 사회 전체를 하나의 생명체로, 국민 개개인은 세포나 기관처럼 인식합니다.

따라서 작중에 나오는 수단들은 그 생명체를 지키기 위한 것입니다. 그러기 위해서는 손톱 자르듯 일부 기관을 잘라낼 수도 있는 거예요. 개인에 대한 억압을 이런 식으로 이해하는 겁니다.

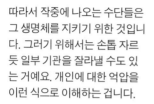

개인은 유한하나 국가는 영속한다. 국가는 국민과 지도층을 초월한 상위 개념이다.

사실 제가 압제형 디스토피아 작품을 싫어하는 이유가 또 하나 있습니다.

그런 부류의 작품들은 대체로 상류층이나 정부를 밑도 끝도 없이 악하게 그려내기 때문입니다.

'밑도 끝도 없이'가 포인트예요. 깊이 있게 잘 쓰면 괜찮습니다.

똑같이 국민을 압제하는 정부라도 작가가 어떻게 표현하느냐에 따라 그 모습은 천차만별입니다. 마냥 나쁘고 이기적으로 그리면 섀도복싱용 악당만도 못하게 됩니다.

하층민 거지들은 닥치고 말만 들어!

그러나 이기적인 행동의 기저에 철저한 계략과 논리, 그리고 철학이 있다면 대단히 매력적인 빌런이 됩니다.

우리가 이기적으로 보이나? 그러나 이게 최적의 사회 시스템이었다네. 지금 자네가 나를 해쳐도 달라지는 건 없을 거야.

그리고 『1984』는 후자를 아주 훌륭한 방식으로 보여줍니다. 오세아니아는 지도층이 밑도 끝도 없이 약자를 착취하는 디스토피아가 아닙니다. 그 이상의 논리가 있는 거죠. 바로 이런 사소한 부분에서 작품의 수준이 갈리는 겁니다.

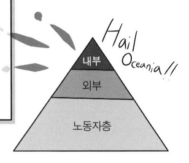

Hail Oceania !!

내부

외부

노동자층

'생명체'를 지키고자 빅 브러더는 다양한 수단을 강구합니다. 바로 여기서 조지 오웰의 날카롭고 섬세한 지성이 드러납니다.

제가 초반부는 좀 지루하게 보다가 여기서부터 눈이 휘둥그레졌어요. 한번 같이 보시죠.

특히 신어에 대한 설정은 최고입니다!

New Speak 신어

1. 사고 통제

국민들에게는 '이중사고'라 불리는 인지 부조화를 강조합니다. 당장 국가 기관의 이름부터가 이중사고를 함의하고 있습니다.

전쟁을 관장하는 기관은 '평화성'입니다.
고문을 관장하는 기관은 '애정성'입니다.
모든 정보를 조작하는 기관은 '진리성'입니다.
저질 식품의 이름에는 '승리'가 붙습니다.

애정성 본부에는 창문이 없어.

대체 저 안에서는 얼마나 끔찍한 고문이 이루어질까?

2. 어휘 통제

혁명을 저지하고자 언어는 사라집니다.

왜 '나쁨'이라는 어휘가 필요할까요?
'좋지 않음'이라고 말하면 되는데 말이죠.
'굉장함'이란 말이 왜 필요할까요?
'더 좋음'으로 충분한데 말이죠.

'bad'가 무엇이죠?
저는 'not good'만 압니다.

'great'는 뭐죠?
'splendid'는요?
저는 'plusgood'과 'doubleplusgood'만 압니다.

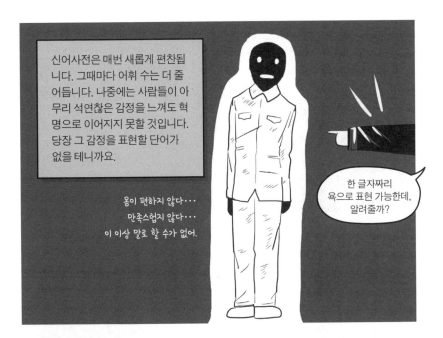

신어사전은 매번 새롭게 편찬됩니다. 그때마다 어휘 수는 더 줄어듭니다. 나중에는 사람들이 아무리 석연찮은 감정을 느껴도 혁명으로 이어지지 못할 것입니다. 당장 그 감정을 표현할 단어가 없을 테니까요.

몸이 편하지 않다···
만족스럽지 않다···
이 이상 말로 할 수가 없어.

한 글자짜리 욕으로 표현 가능한데, 알려줄까?

3. 역사 통제

국가의 영속을 위해 역사는 사라집니다. 과거를 기록한 모든 매체는 소멸하거나 조작됩니다.

인구는 항상 늘어났습니다.
식량 배급량도 항상 늘어났습니다.
오세아니아는 언제나
전쟁을 하고 있었습니다.
빅 브러더 이전의 역사는 없었습니다.

모든 것은 현재와 같았습니다.
오세아니아에서 현재는
과거이자 미래입니다.

윈스턴 스미스는 바로
그 속에서 갈등하는
주인공입니다.

이름만큼은 처칠을 닮았지만,
그저 피폐하게 살아가는 외부
당원에 불과합니다. 그는 30대
후반이며, 전쟁 이전에 어린 시
절을 보냈던 사람입니다.

늦잠 자고 싶어.
초콜릿 먹고 싶어.

아침 체조
열심히 하세요,
스미스 씨!

그러나 과거를 증명하는 건 이제
그의 머릿속 기억뿐입니다.

어릴 적 포격을 맞았을 때는
모두 놀랐어. 마치 그전에는
그런 일이 없었던 것처럼.

어머니와 여동생이 비쩍 말라서
죽어간 것도 기억나.

기억은 나는데…

증명할 건 아무것도 남아 있지 않지.

일단 그의 직업부터가 진리성에서 정보를 조작하는 일입니다. 실제로 초콜릿 배급은 10그램이 줄었는데 과거의 기록을 바꿔서 10그램이 늘었다는 식으로 쓰는 거죠.

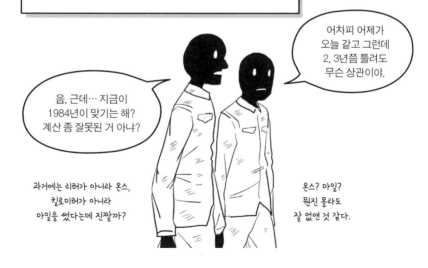

1984년에는 모든 역사와 기록을 믿을 수 없게 되었습니다. 개인이 일기 등을 쓰는 것도 엄격히 금지되어 있죠.

어차피 어제가 오늘 같고 그런데 2, 3년쯤 틀려도 무슨 상관이야.

음, 근데… 지금이 1984년이 맞기는 해? 계산 좀 잘못된 거 아냐?

과거에는 리터가 아니라 온스, 킬로미터가 아니라 마일을 썼다는데 진짤까?

온스? 마일? 뭔지 몰라도 잘 없앤 것 같다.

그럼에도 윈스턴은 암시장에서 공책을 사 온 후, 남몰래 기록을 시작합니다. 여기서부터 이야기는 시작됩니다. 우연히 방 안에 텔레스크린 사각지대가 있어서 가능한 일이었죠.

그가 쓰는 것은 일상의 기록이기도 하고 빅 브러더에 대한 반항의 내용이기도 합니다.

돌이켜보면 윈스턴의 일생은 암울했습니다. 아버지는 일찍 돌아가셨고, 어머니와 어린 동생은 굶주림 속에 죽어가다 어느 날 홀연히 사라졌습니다.

자라서는 독재 국가의 외부 당원으로 착취만 당하다가 사랑 없는 결혼을 했습니다.

아내는 오세아니아가 원하는 인재상이었습니다. 겉모습은 키 큰 미인이지만 속은 텅텅 비어서 당의 말이라면 무조건 순종했죠.

당신은 당의 의무도 게을리하고, 귀찮은 거 무릅쓰고 관계해도 아이도 안 생기잖아.

그냥 별거해요!

나도 몸 튼튼 대갈 텅텅인 아내는 질렸어.

윈스턴과는 전혀 맞지 않아서 결국 별거했습니다.
이혼은 법으로 금지되어 있으니 여전히 별거 상태입니다.

마음이 맞는 친구는 지나치게 똑똑해서 체포당했습니다. 체포당한다는 말은 곧 증발한다는 의미입니다. 처음부터 없었던 사람이 된다는 뜻이죠.

난 대형을 배신할 생각이 없어. 그냥 연구가 엄청 좋은 것뿐이야. 특히 오세아니아의 언어 체계 기원을 분석하고 싶어. 이건 문제없겠지?

안 돼. 그런 말 하면 보통 죽는다고!

단어가 오히려 줄어드는 언어를 본 적이 있어? 신어는 진짜 혁신이야. 난 사전 편찬이 제일 즐거워.

그래도 희망이 없지는 않습니다.

어서 오세요!
어이쿠, 저번에
공책 사 간
그분이네!

종종 가는 노동자층 마을에서 재미를
볼 수도 있었습니다. 그곳의 골동품
가게에서 소소하게 쇼핑을 하는 것도
즐거움이었죠.
걸리면 체포당하겠지만요.

여긴 텔레스크린도 없고 좋네요.
며칠 빌려서 살고 싶다….

2층은 손님 별로 없으니까
돈만 좀 주면 빌려줌세.

최근에는 '줄리아'라는 여성과
비밀 데이트도 하게 되었습니
다. 아내와는 다르게 자기감정
에 솔직하고 인간적인 여성이
었죠. 데이트는 주로 골동품 가
게를 이용했습니다.
걸리면 체포당하겠지만요.

몰래 구해 왔어요.
진짜 커피랑
초콜릿이에요.
맛있죠?

엄청
맛있네요!

더욱 은밀한 즐거움도 있었습니다. '오브라이언'이라는 내부 당원과 가까워진 것입니다.

자자, 내부 당원이라고 어렵게 생각 말고…

우리 집에 와서 사전 좀 보고 갈래?

오브라이언은 내부 당원임에도 친절하고 신사다웠습니다. 게다가 빅 브러더에 반대하는 비밀 조직의 일원이지요. 윈스턴은 오브라이언 덕분에 남몰래 독재에 대항할 수 있게 되었습니다. **걸리면 당장 죽겠지만요.**

상관 없습니다.

근데 윈스턴, 기억해두게. 우리는 자네를 보호해줄 수 없다는 걸.

빅 브러더에게 대항하려면 비밀 조직의 형태를 취해야 하거든.

역사는 전부 빼앗기고 표정조차 맘대로 못 짓는 시대에 윈스턴은 본인이 할 수 있는 선에서 대항 하기로 마음먹습니다.

과연 그는 목표를 이루고 줄리아 를 지켜낼 수 있을까요?

아무튼…

『멋진 신세계』와 『1984』를 둘 다 본 입장에서 제 취향에는 『멋진 신세계』가 훨씬 좋았습니다. 『1984』는 너무 노골적으로 사상이 들어간 작품이라 날것 느낌이 좀 들었거든요. 실제로 이런 이유로 비판적인 의견도 있습니다. 물론 누구도 범접 못 할 명작임은 분명합니다.

감시 사회라는 개념이 이미 클리셰로 다 퍼져 나간 시점에 식상하게 느껴지는 것도 있고요.

이건 사실 어쩔 수가 없습니다. 고전의 필연적 한계죠. 작가만 억울하게 됐습니다.

그건 그렇게 아쉽지는 않다만. 굳이 말하면 내가 반공 작가로 소개되는 게 아쉽지.

근데요. 님 일생을 모르고 책만 보면 오해를 안 할 수가 없어요.

하지만 그럼에도 추천합니다. 세계관이나 설정, 후반부의 멘붕하게 만드는 전개, 그리고 오웰의 미친 듯한 필력을 감안하면 식상한 건 별문제가 안 되거든요.

나는 다른 작품들보다 더 평등하다!

솔직히 식상하다고 말하면서도 오웰에게 굉장히 미안합니다. 압제형 디스토피아라는 점 이외에는 다른 작품과 차별화할 요소가 상당히 많습니다.

특히, 글을 너무x3 잘 썼습니다. 필력 면에서는 『멋진 신세계』보다 좋았습니다.

잘 쓰는 건 알았지만 이 정도였나?

저는 이번 기회에 조지 오웰이 얼마나 글을 잘 쓰는지 새삼 실감했습니다. 솔직히 살면서 이 책을 한 번은 읽어보시면 좋겠어요. 정말 사람 감정을 뒤흔드는 필력을 보실 수 있습니다.

심연 속으로 가라앉는 느낌.

아무래도 세계관이 세계관인지라 읽으면서도 좀 슬퍼지는데요. 이건 단순히 독자를 질질 짜게 만드는 그런 슬픔이 아닙니다. 마음을 완전히 바닥으로 가라앉게 만들고 절망으로 채우는 그런 슬픔입니다.

눈물은 안 나와요. 오히려 나오던 눈물도 마릅니다.

아, 말하다 보니 『멋진 신세계』를 좀 깎아내리는 기분이 드는데요.

그렇다고 헉슬리가 글을 못 쓴 건 전혀 아닙니다! 저는 『멋진 신세계』를 읽으면서도 진짜 충격적으로 잘 쓴다고 느꼈어요.

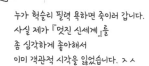

누가 헉슬리 필력 욕하면 죽이러 갑니다.
사실 제가 『멋진 신세계』를
좀 심각하게 좋아해서
이미 객관적 시각을 잃었습니다. ㅈ ㅅ

그럼에도 읽으면서 『1984』에 더 감탄하게 된 이유는…

소설의 상황 차이, 그리고 글 쓰는 스타일 차이 때문인 듯합니다.

『멋진 신세계』의 디스토피아는 쾌락과 유흥에 젖어 모든 인간적 가치를 잃어버린 곳입니다. 현대인 기준에서는 대성통곡을 할 일임에도 웃으며 넘어가는 사회죠.

태아를 장애인으로 만들어도, 유전자가 모든 인생을 결정해도, 시체를 전부 태워서 연료로 써버려도, 가치 있는 문학이 사라져도, 우린 모두 행복하니까!

헉슬리는 이 이질감을 극대화하기 위해서 일부러 소설 전반을 디스토피아 시민의 시점에서 서술합니다. 그렇기 때문에 서술은 격한 감정 전혀 없이 무미건조하거나 조금 가벼운 어조로 진행됩니다.

아, 물론 클라이맥스에서는 되게 감정적입니다. 전반적인 글 분위기만 말하는 거예요.

유일하게 좀 격해지는 건 독자의 사고방식과 유사한 야만인 존의 시점을 서술할 때인데요. 이것도 완전히 1인칭이라기보다는 다른 사람이 존을 어떻게 보는지 위주로 썼기 때문에 감정이 북받치지는 않습니다.

어머니가 돌아가셨어…!

왜 울지?

사실 이 담담함에서 나오는 이질감이 킬링 포인트입니다. 책을 읽다 보면 이 세계관이 근본부터 뒤틀려 있다는 게 느껴집니다. 하지만 인물들은 일단 행복해하죠.

우리는 모든 고난을 제거해서 행복만이 존재한다네.

반면 『1984』는 얄짤없이 불행한 사람들이 살아가는 세계관입니다. 그래서 서술이 가벼울 수가 없습니다.

인생 주체가 고난 죽을 것 같다

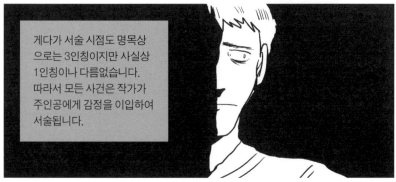

게다가 서술 시점도 명목상으로는 3인칭이지만 사실상 1인칭이나 다름없습니다. 따라서 모든 사건은 작가가 주인공에게 감정을 이입하여 서술됩니다.

이게 『1984』의 서술이 감성적이고, 솔직하고, 격렬한 이유입니다. 『멋진 신세계』가 한 발짝 떨어져 이죽 거리는 느낌이라면 『1984』는 직접 그 속에 들어가서 오열하는 느낌이에요.

독자 목을 옥죄어오는 느낌.

앞에서 이 작품이 '날것'에 가깝다고 말씀드렸는데요. 그렇기 때문에 작가의 시선 을 파악하기에도 좋습니다. 오웰의 아내를 비유한 캐릭 터인 줄리아는 윈스턴과 함 께 격렬한 위기를 겪고,

오웰이 평생에 걸쳐 증오한 대상인 '검열'과 '통제'는 허울 좋은 사상의 미명하에 행해 집니다.

되지도 않는 이유로 금서로 지정하고 내용을 잘라버리고 없애버리는 일이 얼마나 많았던가.

『1984』와『멋진 신세계』는 서로 다른 미래상에 대해 경고를 보내는데요. 두 명의 천재가 공상한 결과물입니다.

웬만하면 두 작품을 다 읽어보셨으면 좋겠습니다. 이왕이면 좀 더 전형적인 『1984』먼저요.

두 미래 모두 지구 어딘가에서 조금씩 실현되고 있을지 모르니까요.

Behind Story

처음에는 스포일러를 안 넣으려고 했지만 결국 상당히 많이 넣어버렸습니다. 그래야만 숨이 턱턱 막히는 세계관을 제대로 표현할 수 있을 것 같았거든요. 그래도 중요한 반전과 결말은 말하지 않았습니다! 책에서 직접 확인하시기를 바랍니다.

작품의 유명세 때문에 연재 당시에도 인기가 많았던 리뷰입니다. 처음엔 그리 내키지 않았던 독서였지만 결국 읽기를 잘했다고 생각합니다. 『1984』를 접하고서 오웰에 대한 책을 따로 찾아 볼 정도로 관심이 생겼거든요. 많이 알려진 오웰의 작품은 『동물농장』, 『1984』이지만 그 외에도 『파리와 런던의 밑바닥 생활』, 『엽란을 날려라』 등이 있습니다.

와아,
별로 안 궁금한 사생활까지
다 적혀 있어···.

왜긴.

정말 좋은
책이니까 그렇지.

제가 어릴 때 유행하던 학습 만화
시리즈 중에는 『걸리버 여행기』의
내용을 활용한 미스터리 만화가
있었습니다.

어쩌다 그 책을 얻어 와서 마냥
재밌게 읽었습니다.

끌쳐불명의
책들

이야 웬 떡이야.

근데 만화 내용이 『걸리버 여행기』와 그 저자 조너선 스위프트와 깊게 관련된지라, 뭔가 잡다한 지식이 생겼죠.

…대체 뭐야?

시즌 749번째
동심 파괴

『걸리버 여행기』는 스위프트가 지도층을 화나게 하려고 썼다.
지금은 동화로 소개되지만 원전은 절대 동화가 아니다.
보통 소인국, 거인국이 소개되지만 원래는 뒤에 두 나라가 더 있다.

그래서 만화를 다 보고 나서 집에 있던 『걸리버 여행기』를 펼쳤습니다. 아동용이긴 했지만 원전에 나름 충실하고 4부 전체가 다 실린 책이었죠.

정말 재밌었습니다. 초등학생이 읽기에는 무리일지도 모르겠지만요. 읽으면서 일단 생각보다 세세한 풍자가 많아 당황했고,

그래.
중2병 빨리 온 네가
좋아할 것 같더라.

재밌어요!

3, 4부에서는 더 당황했고,

대망의 엔딩을 보자…

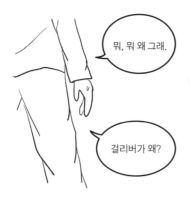

뭐, 뭐 왜 그래.

걸리버가 왜?

잠시 피폐해졌습니다.

마지막에 걸리버가아…

완역본은 성인이 된 뒤에야 읽었지만, 초등학생 때의 기억이 항상 머릿속 한편에 있었습니다.
어려서 완전히 이해하진 못했지만 참 가치 있고 좋은 도서라고 생각했죠.

머리가 커진 다음엔 더 많은 걸 알 수 있었습니다.
하루는 소인국, 하루는 거인국, 하루는 라퓨타,
마지막 날엔 후이늠 편을 읽으며,

다녀왔…
아니, 다 읽었다!

내일은 후이늠 가야지.

『걸리버 여행기』에 대한
시각이 완전히 달라졌으
니까요.

『걸리버 여행기』
다 읽었어?
어때?

재밌…

아니,

감동적…

아니,

세상에 여섯 권의 책만 남긴다면 그중 하나로 이 책을 고를 것이다.
- 조지 오웰 -

저거 또 왜 저래.

『걸리버 여행기』 하면 보통 나오는 삽화가 있습니다. 걸리버가 소인국에 처음 도착해 꽁꽁 묶인 그림이죠. 몸 주변에선 소인들이 보초를 서거나 구경하고 있고요.

혹은 거인국에 간 걸리버가 거인들 손에 놀아나는 그림 또한 많이 알려져 있습니다. 누가 봐도 판타지가 섞인 재밌는 모험 소설이죠.

그렇기 때문에 아이들을 위한 동화로 소비됩니다. 걸리버라는 서양 아저씨가 소인국과 거인국을 여행하는 좌충우돌 모험기 정도로 포장돼서요.

그 말이 틀린 건 아닌데….

문제는 많은 사람이 딱 이 정도로만 알고 있어서 『걸리버 여행기』의 진가가 생각보다 널리 알려지지 못했다는 겁니다.

나 『걸리버 여행기』 좋아해!

그거 동화 아냐?

완역판을 몇 번 재독한 팬으로서 살짝만 말하자면 이 책은 좌충우돌 모험 소설이라기보단 당대 영국의 현실, 그리고 시대를 초월한 정치사회적 문제를 깊이 탐구하는 내용입니다.

1726년

동화는 더더욱 아닙니다.
오히려 완벽한 성인향 소설입니다.
빠꾸 없는 풍자 문학의 정점입니다.

잔인하거나 야한 게 아닌
순수한 의미의 성인용이에요!

가타부타 말하는 것보다
직접 보는 게 빠르겠죠?
줄거리 요약 간단히 하겠
습니다.

걸리버 여행기

팩 읽어드립니다

「풍속놀이」 전자 오락이 국보편
최고의 동자문학 완역본 방송도서

TRAVELS
INTO SEVERAL
Remote Nations
OF THE
WORLD.
IN FOUR PARTS
By LEMUEL GULLIVER,
first a Surgeon, and then a CAPTAIN
of several SHIPS.
VOL. I.
LONDON:
Printed for Benj. Motte, at the Middle
Temple-Gate in Fleet-street.
M, DCC, XXVI.

이야기는 화자이자 반쯤은 작가
본인인 '레뮤얼 걸리버'의 인생
이력으로 시작됩니다.

18세기 앤 여왕
치하의 어디에나 있는
평범한 영국인입니다.

자기소개 좀?

말투가 왜
그렇죠?

이거
이세계물이잖아요.

정작 의사로서 일하는 건 안 나오고, 이상할 만큼 정치에 빠삭하지만 말이지….

직업은 잘 알려지지 않았지만 걸리버는 의사입니다.

정확히는 배 위에서 일하는 선상 의사죠.

의사라 하면 지금이야 의느님 취급이지만 1700년대는 좀 달랐다. 나는 그리 귀하거나 부유한 집안 출신은 아니다. 오히려 아버지는 다섯 형제를 키우느라 부담이 크셨다. 내 유학 비용을 간신히 댈 정도였다.

하지만 나는 온갖 영국 소설 속 주인공이 그렇듯 위대한 모험가가 되리라는 꿈이 있었다.

아, 공부 열심히 해서 빨리 해적도 만나고 목숨도 간당간당해지고 바다에서 표류도 해봤으면….

그걸 위해 대학에서 의학을 공부했다. 의사는 배를 탈 때 유용한 직업이었기 때문이다. 따로 항해술과 지도학도 공부했다.

결국 졸업 후에는 선상 의사로서 바다를 마음껏 다녔다.

하도 몇 년간 싸돌아다녔더니 이제는 정착하고픈 마음이 생겼다. 그래서 결혼도 했지만…

여보, 선상 의사 일을 다시 하면 돈도 많이 벌 수 있어.

아이도 키워야 하잖아? 바다에 갈게. 괜찮지?

지상에서 병원 일을 하는 것은 그리 돈이 되지 않았다.

오, 근데 이걸 시작으로 16년쯤 바다를 떠돌 것 같은 불길한 예감이 자꾸 들어요, 여보….

하핫, 기껏해야 신비한 동양의 나라 좀 보다 오겠지!

처음 몇 번은 진짜로 괜찮았는데, 이런 이야기가 흔히 그렇듯 암초에 부딪혀 배가 두 동강 나고 보트에서 표류하다 그것마저 뒤집히고 선원은 죄다 죽고 혼자만 살아남아서

소인국에 떠밀려 왔다.

1부 시작!

이 나라는 릴리펏이라네.
위대한 왕께서
다스리는 나라지.

거인은 얌전히 폐하께
충성을 맹세하게.
그러면 식량과 안전을
보장해주겠네.

뭐라는 거야.

미래에는 막 외계인도
영어 쓰고 그러더만.

(언어 배움)

이 신전이 나라에서
제일 큰 건물일세. 그대는
앞으로 이 안에서 살도록 하고
허가가 없으면 시내로 오지 말게.
시민들이 위험해지니까.

그리고 릴리펏에
절대적으로 충성을 맹세하는
문서에 사인하게.

릴리펏에 온 것이 모든 모험의 시작이었다. 사람들은 10센티가 좀 넘는 크기였고, 거대한 궁전의 높이가 1.5미터밖에 안 되었다. 골목길 너비는 30센티가 좀 넘었다.

나는 살기 위해 내가 위험하지 않다는 사실을 증명하고 그곳에 적응해야 했다.

어쩌다 저런 거인이 온 거지?

저놈 식량을 매일 공급하려면 재정이 거덜 납니다!

자는 사이에 죽일까요?

사회성을 있는 대로 다 끌어모으자.

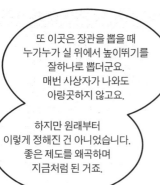

또 이곳은 장관을 뽑을 때
누가누가 실 위에서 높이뛰기를
잘하나로 뽑더군요.
매번 사상자가 나와도
아랑곳하지 않고요.

하지만 원래부터
이렇게 정해진 건 아니었습니다.
좋은 제도를 왜곡하며
지금처럼 된 거죠.

그럼에도 이곳의
교육 체계는 아주 훌륭합니다.
모든 자녀는 어릴 때부터
기숙학교의 체계적인 교육을 받고
사회성을 기릅니다.
여기에 남녀 차이는
거의 없지요.

부모와 자식 간에
지나친 집착이 없어서
깔끔하게 헤어진다.

하나 의문인 점은
형법 쪽인데…

릴리펏에서는
사기죄를 범한 자를
가장 엄벌에
처하더군요.

단지 신용을 어긴 것뿐인데
그렇게 큰 벌을 주는
이유가 무엇입니까?
더 가볍게 처벌해도
되지 않을까요?

이 나라는 거인국, 브롭딩낵이다. 원래는 브롭딩이 올바른 발음인데 책을 출판하면서 왜곡됐다.

왠지 발음부터 릴리펏은 작아 보이고 브롭딩낵은 커 보이지 않수?

이곳의 길 가던 농부가 나를 주웠다. 처음엔 나름 친절했지만 날 이용해서 공연하는 게 돈이 된다는 걸 알고는 죽기 직전까지 혹사했다.

몸이 작으니까 쥐한테도 죽을 뻔하고, 애완용 원숭이, 심지어 개구리마저도 내겐 생명의 위협이 됐다. 하루하루가 위험천만했다. 물건들이 다 커서 불편한 건 말할 것도 없다.

- 30미터짜리 지도.
- 소똥 뛰어넘으려면 정말 큰 용기가 필요함.
- 외출할 땐 말 옆구리에 매달린 미니 하우스에 들어가야 함.

늦어서 미안해요! 그래도 잘 싸워서 살아남았네요!

예… 쥐 상대로 말이죠.

그나마 다행인 건…
농부의 딸이 정말 상냥한 아이라
내 보모가 돼주었다는 거다. 왕궁
에 팔린 덕분에 왕족들의 생활을
가까이서 지켜볼 수도 있었다.

그대는
나만의 작은
보모입니다.

그러나 꼭 좋지만은 않았다!
왕궁의 하녀와 부인 들은 나를
사람으로 보지도 않아서 내 앞에
서 옷을 막 갈아입고, 어떤 여자
는 자기 젖꼭지에 날 올려두고
놀았….

부러워하지 마!!
그렇게 큰 사람들은
내 눈에 피부도
거칠거칠하고 하나도
안 예쁘다고!

내가 조국을 찬양하자 국왕은 가소롭다는 듯 웃었다. 왕비는 음식을 작게 썰어 주고 내가 먹는 걸 보며 재밌어했다.

애완동물 취급이지 이게···.

이들은 나와 비슷한 여자를 찾아 내가 자손을 낳길 바란 듯한데, 차라리 죽고 말지 그럴까 보냐?

그러나 이들이 악인이라는 건 아니다. 왕비는 우아했고, 국왕은 매우 현명한 사람이어서 나를 부끄럽게 했다.

얘기를 들어보니, 지난 한 세기 동안 그대 조국에서 벌어진 일이라고는 음모, 반란, 살인뿐이로군!

의원이 되기 위해
그렇게나 돈을 낭비하고,
되고 나서는 공익이 아니라
사리사욕에 집착하고.

입법자가 되는 자격은
무지, 나태, 악덕이로군.

요점은 그거다.
난 여기서 소인이고, 도저히
거인들과 동등한 생명체가
될 수 없다는 것.

상식 없는 미천한 자가
아무리 허세를 부려도
고귀하게 보일 수 없듯이….

나는 결국 탈출에 성공하여 영국으로 돌아왔다.

모든 게 큰 나라에
있다 왔더니 영국 것들은
죄다 난쟁이나
장난감처럼 보이거든!

여보, 왜 자꾸 웃고
사람을 볼 때
위쪽을 쳐다봐요?

다음 모험에서 나는 해적선에
쫓기는 신세가 되었다.
그들은 나를 죽이진 않았지만
그 대신 작은 배를 타고 정처 없이
바다를 표류하게 되었다.

꼼짝없이 죽나 싶었는데,
마침 공중을 떠다니는
거대한 왕국을 보았다.

3부 시작.

라퓨타인들은 수학을 좋아하면서 실용적인 기하학은 무시한다. 그 바람에 이 근방 집들은 직각도 못 맞추고 엉망진창으로 지어진다. 옷 역시 마찬가지.

수학과 음악을 제외한 일상 기술은 대단히 저열하고, 토론을 해봤자 닥치고 반대만 해서 뭐 하나 되는 일이 없다. 이들은 편협하지만 그런 자신들이 최고로 잘났다고 생각한다.

나는 안 때려줘도 돼요.

다만 라퓨타의 여성들은 평범한 사고방식을 지녔기에 그런 남편을 경멸한다. 그래서 이따금 지상에서 올라온 사람과 바람을 피운다.
눈앞에서 외도를 해도 들킬 염려는 없다. 어차피 남편은 종이와 연필만 주면 금방 딴생각에 빠져드니까.

그래도 상식적이고 교양 있는 귀족도 있었다. 그는 라퓨타 내에서 경멸당하는 처지였다.

자네 같은 사람을 만나기가 여기선 너무 힘들다네.

나는 지상국인 발니바비로 내려갔다. 그곳엔 라퓨타의 영향으로 각도가 안 맞는 집과 엉망진창인 토양이 있었다.

저 그냥 머리를 비울게요….

학술원 견학 좀 해볼래? 똥을 음식으로 바꾸는 법이라든지 말 안 하고 짐 보따리를 들고 다니며 대화하는 법을 연구하는 사람이 많은데, 재밌을 거야.

Haha

나는 절망적인 모습의 발니바비를 견학한 다음, 최대한 빨리 영국으로 돌아가고자 했다. 그 과정에서 많은 일이 있었다.

마법사의 나라에서 과거의 위인들을 불러내 만나기도 했고,

아리스토텔레스와 호메로스? 불러줄 수야 있지.

근데 그들 책에 주석을 단 학자들은 저승에서 두 사람과 거리를 두고 있네. 그들의 말을 완전히 잘못 해석해놔서 피차 껄끄러운 사이거든.

죽지 않는 자들이 사는 나라에 가보기도 했다.

죽지 않는 자들이 늙어가며 얼마나 추해지는지를 직접 봤기 때문이지.

우리나라 국민은 타국과 달리 죽음을 기꺼이 받아들인다네.

불사자를 부러워했던 나 자신이 부끄러워졌다.

늙지도 않고 죽지도 않으면 모를까, 그냥 죽지만 않는 건…

저주나 다름없잖아.

마지막에는 네덜란드인으로 위장하여 에도 시대 일본을 경유했고…

그렇다. 걸리버는 일본에도 갔었다!

당시엔 네덜란드인 외에는 일본과 교류가 불가했기에 위장해야 했다.

이렇게 많은 나라를 거쳐 영국으로 돌아갔다.

어째 3부부터는 2부까지 재밌게 나왔던 일상 이야기가 너무 안 나오는데요?

제대로 보셨습니다!

정치, 사회, 인물, 국가 다 까버리는 원조 모두까기 인형.

거인국까지는 걸리버의 좌충우돌 적응기가 7할, 풍자가 3할쯤 차지했다면 3부부터는 풍자가 거의 9할은 됩니다. 요약하느라 대충 써놨지만, 정말 모든 것을 철저하게 풍자해요. 모든 것을요. 스위프트가 허용치 확 풀어버리고 미쳐 날뛰는 게 바로 3부입니다.

그러니까 사실상 3부는 풍자에 몰방하고 서사는 포기했다 보시면 됩니다. 온갖 성인향 농담만 넘쳐날 뿐 1, 2부에서 보인 드라마성은 거의 사라지거든요.

빵

충성심, 정의감, 정절 등에 세금을 매기면 그 액수가 하도 적어서 세금 징수원의 월급도 대지 못할 것이다.

반대파 의원 두 사람의 뇌를 정확히 반으로 가르고 서로 바꿔 넣으면 중용의 도를 깨우칠 것이다.

더불어 걸리버 역시 캐릭터가 변화합니다. 그는 2부까지는 주체적이고 감정 이입 가능한 주인공이었죠. 반면 3부부터는 일개 관찰자로 전락합니다. 그토록 교양 넘치는 주체였던 주인공이 갑자기 수동적으로 전달만 합니다.

배우고 현명한 사람 대다수는 말 안 하고 사물로 소통하는 방법을 지지했답니다.

이 문제의 유일한 불편함은 사물을 그때그때 싸 들고 다녀야 한다는 것뿐이죠!

이래서 이질적이라는 거예요. 걸리버의 캐릭터 붕괴는 옥에 티라고 볼 수도 있는데 그보다는 이야기의 방향성이 달라졌다고 보는 게 옳을 것 같습니다.

La Puta

여담이지만 라퓨타의 어원이 『걸리버 여행기』라는 거 재밌지 않으요?

요즘엔 거의 공중에 뜬 환상 속 나라의 대명사가 됐죠.

그래도 드라마성은 4부에 들어와 다시 살아납니다. 마지막 4부에서 걸리버의 캐릭터는 또다시 변화하고 이야기는 절정으로 치닫습니다.

금방 돌아올게!

여보, 나 임신도 했고, 이번엔 정말로 안 가는 게 좋을 것 같은데요.

가장 긴 마지막 여행이었다. 새로 고용한 선원 대다수는 해적 출신이었다. 그들은 나를 대충 아무 해안에나 버려두고 떠나버렸다.

젠장, 마누라 말 들을걸. 여긴 이상하고 기분 나쁜 유인원밖에 없잖아.

?! 말이 있다!

그럼 주인도 있다는 건데….

야후는 아까 자네도 본 불쾌한 짐승일세.

하도 야만적인지라 이 나라에선 부정적인 어휘에 야후를 붙여 쓴다네.

저들은 반짝이는 돌 또는 씹으면 취하는 풀에 광적으로 집착한다네. 무리의 우두머리에게 아첨하고 수시로 속임수를 쓰지.

행동거지는 폭력적이고 미개하다네.

자네랑 생긴 게 묘하게 닮긴 했는데…. 그래도 자네는 말도 잘하고 가죽도 다르게 생겼으니까….

이 말들은 내 옷이 곧 몸인 줄 아는 건가? 내가 옷만 벗으면 저들이랑 외모가 크게 다를 게 없어.

야후는…

인간과 닮았어.

선생님이
쓴 책을 봤습니다.
정말 재밌었어요.

말이 고귀한
주인이고 인간이
가축이라니 정말
신선한데요.

근데 이러면
여행기가 아니라
소설로 출간해야
하지 않을까요?

내 책은
진실만을
담고 있다네.

후이늠은 이상적인 나라였다네. 이성이 시키는 대로 따르고, 모두가 가식 없이 진실만을 말하며, 인생에 집착하거나 죽음을 두려워하지 않는….

내 인생에서 가장 가치 있는 시간은 후이늠에서 내 주인과 함께 살 때였다네! 회의 끝에 나를 내보내지만 않았어도! 거기서 고귀하게 살다 죽었을 텐데!!

내가 키우는 망아지 몇 마리와 대화하는 게 하루 중 가장 행복한 시간일세.

잘 들었네. 그러니까 자네는 자네 고향에 사는 야후들이 이성이 있고 이곳의 미개인들과 다르다고 말하려는 듯한데…

내가 듣기엔
기술과 체계만 발달했지
다를 바가 없군.

4부 역시 어쩔 수 없이
많은 요약을 했습니다.

걸리버의 마지막 여행지는
후이늠입니다. 그곳은 고귀한 말들이
지배하는 유토피아입니다.
너무 이성적이고 자연스러우며
고결한지라 보는 사람이
절로 부끄러워지는 사회죠.

그곳에는 외지에서 들어온 야후라는
생물이 있습니다. 이들은 한층 더
원시적인 형태의 인간이고 걸리버가
자기혐오에 빠지는 계기가 됩니다.

뭐야,
훔쳐보지 마,
얼굴 붉히지 마.

4부에서 걸리버의 캐릭터성이 제대로
붕괴했다는 비판이 있습니다. 3부야
제쳐놓더라도 2부까지 그는 자긍심과
애국심을 지닌 인간입니다. 현명한 군
주들한테 피드백도 받으며, 궁극적으
로는 인간 사회를 긍정하고 있습니다.

이러던 애가 4부에서는 그냥
다 망한 것처럼 인간을 혐오해
버리니 '캐릭터 붕괴' 소리가
나오죠.

근데 또 한편으로는 이미 이전까지
릴리펏 군주와 유럽의 정치 사회에
대한 비판적인 시각을 담고 있었던
지라, 이게 4부에 가서 폭발했다고
볼 수도 있습니다.
긍정적으로 묘사된 브롭딩낵 군주
는 최후까지도 현명한 왕의 본보기
로 언급되니까요.

어쨌든 4부 자체가
제가 보기엔 매우…

극단적이고 매운맛인 데다
배드 엔딩입니다.

10년 넘게 후이늠에서 산 걸리버는
인간 사회에 돌아오게 되자 절망합
니다. 몇 번씩 자살 기도를 하다가
착한 선장의 설득으로 살아 있기로
합니다.

제발 날
죽게 두시오.

그 야만적인
세계에 돌아가고
싶지 않아….

그래도 뿌리 깊은 인간 혐오는
그대로입니다. 가족들도 가까이
못 오게 하죠. 아내가 자길 포옹
하자 기절하고 대화는 마구간에
서 말과 합니다.

그렇습니다. 결말부에서 걸리버
는 사회적으로 죽은 거나 다름
이 없습니다. 그도 그럴 게 후이
늠에서 인간의 실체를 알아버렸
으니까요.

이 결말을 초등학생 때 본 제 심정이 어땠겠어요?

심지어 동화로 알려진 소설인데 아니, 씨 결말의 상태가….

어쨌든 그럼에도 불구하고 저는 3, 4부를 굉장히 높게 평가합니다. 비록 덜 알려지긴 했지만 『걸리버 여행기』가 고전의 반열에 든 것은 제 생각에 3, 4부 때문입니다. 비교적 전형적인 모험기였던 1, 2부를 거쳐 완전히 새로운 경지에 올랐으니까요.

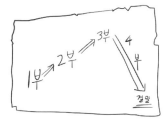

미처 다 언급하지 못한 재밌는 특징도 많습니다. 걸리버가 거친 많은 고난과 갈등이 실제로 스위프트가 겪은 일들의 비유였다는 점도 그렇고요.

릴리펏에서 걸리버가 왕비와 갈등을 빚는 내용은 현실 속 스위프트와 앤 여왕의 갈등 상황을,

라퓨타와 발니바비의 관계는 잉글랜드와 아일랜드의 관계를 비유한 것이다.

또 걸리버의 걸출한 사회성 역시 특기할 만합니다. 책 읽으면서 주인공의 처세술, 사회성에 손뼉 치며 감탄한 건 『걸리버 여행기』가 처음이었습니다. 그 어떤 자기 계발서 내용보다도 훌륭한 본보기를 보여줍니다.

하하, 이곳의 문물은 참으로 대단합니다!

저는 폐하의 충실한 종이며 참된 신하이옵니다!

이러한 장점과 별개로, 좀 묘하다 느낀 부분이 있습니다.

바로 후이늠 사회를 묘사하는 부분인데요.

그들은 불쾌한 형질의 자식이 태어나지 않도록 배우자를 신중하게 정합니다. 부부간에도 특별한 감정을 품지 않으며 자식을 두 마리 낳고 나면 더 이상 관계를 가지지 않습니다.

우린 부부지만 그저 인구 유지를 위해 자식을 낳을 뿐이야.

배우자의 죽음 역시 자연스러운 일로 받아들여 슬퍼하지 않습니다. 이성이 시키는 대로 살기 때문에 결코 거짓말을 하지 않으며 자극적이고 맛있는 음식, 오락을 탐하지도 않습니다.

제 남편이 오늘 새벽에 죽었어요. 묻어줄 곳을 찾아 조치하는 중이에요.

그래요? 오늘 밥반찬은요….

대충 이런데… 저는 이 책 재독할 때마다

얘네도 이상한데?

라는 생각을 떨칠 수가 없습니다.

사랑도 감동도 슬픔도 없는 후이늠의 사회가 정말 이상적인지 저는 의심스럽습니다.

일단 너무나 인위적인 사회거든요. 계급제와 우생학을 긍정하는 듯한 묘사도 찜찜하고, 가족이 죽은 당일에 명랑하게 웃으며 지내는 것도 솔직히 소름 끼치고요.

ㅉㅉ
어리석긴

후이늠 사회에서 느껴지는 이질감은
『멋진 신세계』 읽을 때와 비슷했어요.
근데 또 웃기는 게 『멋진 신세계』는
디스토피아물이라는 겁니다.

공리주의 삘이
난다는 점도
좀 비슷합니다.

읽으면서 또 하나 생각난 작품은 토머스
모어의 『유토피아』입니다. 아니나 다를
까 스위프트가 이 책 쓰면서 『유토피아』
의 영향을 많이 받았다고 합니다. 묘사
는 이상적인 사회라고 했는데 그 결과가
진짜 너무 인위적이어서 혼란이 세게 왔
습니다. 유토피아도, 후이늠도요.

Tomás Moro
Utopía

일정 기간마다
비슷비슷한 집으로 이사,
자발적으로 일하고
남는 시간에
자발적으로 공부!

작가가 의도한 건
아닐 테지만 저는
진지하게 의문이 듭니다.

극단적인 유토피아가
과연 유토피아일까요?

저는 싸우고 쟁취하고 집착하고 사랑하고 슬퍼하는 야후 사회를 후이늠의 영원한 이성의 온실보다 높게 치고 싶습니다.

적당히 어리석기 때문에 드라마가 생기고 발전하고 변화하는 거 아닙니까.

걸리버가 소인국, 거인국 시절의 기억을 되새기며 야후에 대한 희망을 잃지 않았으면 합니다.
서문에서 그는 이런 희망을 가지는 것 자체가 자기가 타락한 증거라며 또 절망하던데….

당연히 단기간에 변화할 수는 없겠죠.

뭐든지 그렇지 않습니까.

Behind Story

정말이지 내용 요약이 가장 힘들었던 편입니다. 중간에 끊을 수도 없어서 네 개의 여행을 모두 요약해야 했고, 분량은 폭발적으로 늘었지요. 물론 그 덕에 소인국, 거인국의 왕들과 라퓨타 시민들까지 두루 묘사할 수 있었습니다. 즐겁고 괴로운 노동이랄까요.

힘드니까 왕들을 최대한 잘생기게 그리자(?)

<요즘 책방: 책 읽어드립니다> 프로그램에 나왔듯 『걸리버 여행기』에는 동해가 묘사됩니다. 다만 전혀 중요한 부분은 아니고 그저 삽화에 'Sea of Corea'라고 쓰인 정도입니다. 오히려 일본의 비중이 훨씬 큽니다. 당시 일본의 기독교 탄압까지도 묘사되니 말입니다. 네덜란드인인 척하는 걸리버가 십자가 밟기를 피하려는 장면도 나오지요.

'에부미'(絵踏)라고도 하지.

에도 막부의 천주교 박해 수단이랄까.

사부님, 세상은 이렇게 아름다운데, 어찌 미궁 속은 저리도 추악할 수 있습니까.

미궁을 마음대로 드나들 수 있다면 세상은 더 아름다워질 게다.

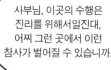

사부님, 이곳의 수행은 진리를 위해서일진대, 어찌 그런 곳에서 이런 참사가 벌어질 수 있습니까.

기억하거라, 아드소.

진리를 위해 죽을 수 있는 자를 경계하거라. 선지자를 경계하거라.

바로 그런 사람이
자신과 함께 타인을 해치고,
때로는 죽게 하는 법이다.

Chapter 4

Il nome della rosa

맹목과 금기가 빚어낸 중세 미스터리

『장미의 이름』

이 책을 처음 읽은 것은 유럽으로 가는 비행기 안에서였습니다. 여행 중에 책 좀 보려고 챙겨 간 거였죠.

와이파이 안 터져서 강제 독서 타임.

가진 돈 다 털어 여행 가는 만큼, 어쭙잖은 책을 읽기는 싫었습니다. 누구나 다 인정하는 압도적 명작을 고르고 싶었습니다. 그때 생각난 게 움베르토 에코의 『장미의 이름』이었습니다.

내용에 실망해서 기분 나빠질 가능성 원천 차단!

마침 주변에 에코의 팬이 있었습니다. 덕분에 작품에 대한 최소한의 사전 정보를 얻을 수 있었죠.

오.

수도원 배경의 추리 소설!

우주 명작이다!

셜록 홈스 닮은 주인공도 나온다!

하지만 본격적으로 이 책에 끌린 건 작가가 타계했을 때
본 애도의 글이 떠올랐기 때문입니다.

"『장미의 이름』은 제가 본 소설 중에 가장 완벽한 설계였어요."

아니, 완전히 졸작이 아니고서야
웬만한 추리 소설은 다 트릭도 잘 짜놓고
복선 회수도 잘했을 텐데….

거기서 뭘 어떻게 초월적으로
잘 써야 "완벽한 설계"라는
찬사가 나오지?

정말 직접 읽어보지 않으면 이해가 안 될 칭찬이었습니다.

그래서
가져갔습니다.
유럽까지!

여행 중에
잘 읽었느냐고요?

아니요! 가는 비행기에서 초반 100페이지 읽고 숨이 턱 막혀서 3주 동안 가방에 처박아 뒀어요!

수도사 너희 공부 많이 한 거 알겠어. 그러니까 닥쳐봐 쫌. 이게 뭔 소리야.

아니, 난

소설을 샀지 신학 논문을 산 게 아닌데.

실제로 다 읽은 건 반년이 지나서입니다. 그제야 찬사의 이유도 이해했고, 이루 말할 수 없이 소름도 돋았고…

…

뭔가 엄청나게 아쉽기도 했고,

아 좀만 더 늦게 돌아가셨으면 이탈리아 여행 중 우연히 만나서 사인 받는다는 망상이라도 할 수 있었잖아.

에드거 앨런 포와 더불어 인생 작가가 생겼다는 기쁨에 잠겼습니다.

하 씨 아니다…
그냥 20몇 년간
동시대에 산 것만으로
행운이다.

작가보다는 기호학자로 더 유명한 세계적 석학 움베르토 에코. 이분은 타고난 학자이면서 타고난 작가이기도 합니다. 엄청난 지식을 활용해서 누구도 따라오기 힘든 밀도의 작품들을 써냈죠. 대표작은 『푸코의 진자』, 『장미의 이름』, 『바우돌리노』 등이 있습니다.

내가 소설을
쓴다면
중세 수도원이
배경일걸?

근데 그게 실제로 일어났고요!

제가 첫 번째로 읽은 『장미의 이름』은 에코 옹의 소설 데뷔작입니다.
동시에 세계적인 베스트셀러가 된 책이기도 하죠.

그리고 독서에 취미가 없는 사람에게는 결코 추천할 수 없는 책이기도 합니다.

솔직히 베스트셀러 됐을 때 그거 산 사람들이 전부 책을 끝까지 읽고 감동했을까요? 그 부분도 의심이 들어요. 왜냐하면…

소프트하고 가벼운 글이 왼쪽, 하드하고 무거운 글이 오른쪽에 있다 치면,

『장미의 이름』은 오른쪽 끝을 뚫고 지나가기 때문입니다.

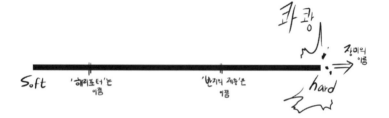

안 그래도 미친 듯이 밀도 높은 에코의 소설인데 『장미의 이름』은 그중에서도 끝판 왕입니다. 특히 제가 이코노미석에서 읽다가 숨 막힌 초반 100페이지 부근이요. 독자 입장에서는 상당한 장벽이 됩니다.

나한테 왜 이러는 거야. 베네딕트회, 프란치스코회도 이름밖에 모른다고.

우리나란 종교로 전쟁해본 적이 없어서 왜 같은 가톨릭끼리 처싸우는지도 이해 안 돼.

예. 일부러 어렵게 썼대요.

그 부분 못 넘기면 이 수도원 이야기를 소화하지도 못함. 등산하기 전에 미리 운동하고 준비하지 않음? 비슷한 거임. ㅇㅇ

추천한다면서 겁부터 엄청 주고 있잖아. 읽기 싫어!

여기까지 읽고 어렵기만 한 소설이라고 욕하실 것 같지만, 절대 그렇지 않습니다.

아, 음. 그러게. 쏘리.

저는 『장미의 이름』을 볼 때만큼은 머릿속이 정갈하게 정리되는 느낌을 받습니다. 저자의 압도적인 지식과 표현력 덕에 눈앞에 차가운 수도원 벽이 서 있는 것 같고, 순수한 지성의 천국에 있는 것 같죠.

그러니 하루에 50페이지 정도씩 만이라도 꼭 끝까지 읽어보셨으면 좋겠습니다. 그러면 즐거운 건 물론이고, 이전보다 한 차원 더 지적인 사람이 되어 있을 테니까요.

서론이 길었네요! 너무 겁을 준 것도 같고요. 이제 진짜로 내용 소개 시작합니다! 책은 저자가 누군가에 의해 남겨진 '아드소의 수기'를 찾아내며 시작합니다.

중세 시대 기록이잖아. 당연히 수기지.

아 진짜로 내가 찾았다는 건 아니고. ㅎ

아드소는 14세기 유럽의 수도사이고 수기를 남길 당시에는 이미 노인이었지만, 회상하는 내용은 그가 18세 때의 일입니다.

아직 어린 베네딕트회 수련사였던 아드소는 쉰 살가량의 프란치스코 수도사를 스승으로 모시며 방랑하고 있었습니다.

스승의 이름은 윌리엄. 당시엔 촌구석 취급을 받던 영국 출신이고 고향은 바스커빌입니다 (사실 이탈리아가 배경이라 그 외 지역은 죄다 촌구석 취급이지만요). 이단 축출과 고문, 맹목적 믿음이 지배하던 1300년대지만 윌리엄은 합리적 태도를 견지하는 사람입니다.

사부님, 아까부터 계속 씹으시는 그 풀 마약 같은데….

14세기에 약 좀 빨 수도 있지 뭘 그러느냐?

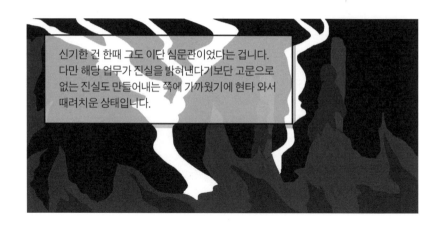

신기한 건 한때 그도 이단 심문관이었다는 겁니다.
다만 해당 업무가 진실을 밝혀낸다기보단 고문으로
없는 진실도 만들어내는 쪽에 가까웠기에 현타 와서
때려치운 상태입니다.

당시에는 유용한 과학
기술도 사악한 마법이
라며 배척하고 있었습
니다. 그 와중에 안경을
쓰는 데서 윌리엄의 열
린 태도가 드러나죠.

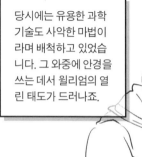

그 물건은 다리가 두 개 달려 있어서
기수가 말 잔등에 올라타듯,
새가 홰에 앉듯 그렇게 사람의 코 위에
올라앉을 수 있게 만들어진 물건이었다.
눈과 맞닿는 곳에는 둥근 쇠테가 있고
쇠테 안에는 술잔 바닥 두께의
편도꼴 유리가 박혀 있었다.

움베르토 에코, 『장미의 이름 상』,
이윤기 옮김, 열린책들, 146쪽

이렇듯 윌리엄은 종교인보다는
조사자, 학자로서의 면모가 강
조되는데, 실제로 그는 작은 흔
적만 보고서도 뭐가 어떻게 된
건지 다 추리해버립니다.

브루넬로라는 말은
이 길로 와서 오른쪽
오솔길로 갔소.

제가 말 찾는다고
말했던가요…?
그건 다 어떻게 알고?

생각나는 캐릭터가 있죠?

그렇습니다. 윌리엄 수도사는 셜록 홈스의 오마주입니다. 고향부터 시작해서 호리호리한 외모, 매부리코, 혼자 다 해버리는 추리까지, 상당히 대놓고 닮았습니다.
그러나 『장미의 이름』자체가 홈스보다 훨씬 무거운 이야기라서 추리의 과정은 더욱 신중합니다.

500년 후에는 머리가 큰 사람이 똑똑하다고 믿나 보구먼….

홈스의 오마주라면 당연히 사건 현장에 가야겠죠? 아드소와 윌리엄은 이탈리아 산속에 위치한 어마어마한 규모의 수도원에 다다릅니다.

친절하게 책 앞부분에 수도원 구조가 나와 있습니다!

어찌나 규모가 큰지 아드소가 완전히 벙쪄서 몇
페이지에 걸쳐 설명충 짓을 하지요.

수도사들의 채식 장소는 넓고 멋지고
햇빛이 휘황찬란하게 들어오고,

성당 앞문은 소름 돋는 괴물이
튀어나올 것처럼 표현되어 있고!

약초 보관소에는 온갖 귀한
약재가 다 들어 있어요!

그들이 이 수도원에 머무르는 목적은 크게 두 가지입니다.
첫째는 해당 수도원에서 황제파와 교황파의 화해를 주관하는 것.
둘째는 이전에 발생한 수도사 사망 사건의 진상을 밝혀내는 것.

잘 왔소, 윌리엄 수도사.
내 외교적 수완이 쩔어서
며칠 후면 황제파,
교황파 사절단이 이 수도원에
오게 되어 있소.

근데 그때까지
살인 사건 범인이 안 잡히면
수도원의 권한을 사절단과 함께 온
이단 심문관에게 넘겨주어야 하오.
진짜 자존심 구기는 일이지.

똑똑한 분이니
웬만하면 그 안에
범인을 잡아주시리라 믿소.

최선을
다하지요.

??? 진짜 범인을 찾고 싶긴 한 거요?

이렇게 기묘한 제한 속에서 아드소와 윌리엄은 조사를 시작합니다.

뒤이어 용의자 겸 피해자가 되는 수도사들이 등장하죠.

아델모가 죽기 전에 절 만났습니다. 완전히 유령 같았는데 왜 그랬는지 모르겠어요. 무섭습니다.

꼭 보고 싶은 서책이 있다면 제게 말씀하셔야 대여할지 말지를 결정합니다. 자꾸 제가 알고 보면 멍청이라는 뒷말이 들리는데 실례입니다. 물론 사실이지만.

장서관 보조 사서 베렝가리오

장서관 사서 말라키아

그 경고는 수도사들의 온갖 부조리,

이 여자는 수도원에 몸을 팔고 있다.

한 번 팔 때마다 얻어 가는 찌꺼기 음식은 가족에게 먹이겠지.

언제나 손해 보는 것은 가장 약한 자들이다.

협박으로 옥죄어 없는 죄까지 고백하게 하는 이단 심문,

예! 제가 다 죽였습니다! 제가 다 죽였다고요!!

교황파&황제파의 우아한 대화.

쌍욕과 패드립이 오가며 결렬되는 협상,

이 갈보의 사생아! 바빌론의 창녀 같은 놈!

댁은 수염을 잡아당겨봐야 계집앤지 아닌지 알겠구먼!

프란치스코 수도회에선 개가 새끼 낳듯 이단을 싸지른다며?

가장 핵심적으로는 장서관의 존재를 통해 드러납니다.

서책을 보관하되 결코 들어갈 수도, 볼 수도 없는 도서관. 피바람이 몰아치는데도 절대 장서관만은 개방하지 않는 수도원의 방침.
이것은 아드소와 윌리엄이 풀어야 할 궁극의 수수께끼가 됩니다.

주인공들이 묵는 동안에도 희생자는 계속 늘어갑니다. 그들이 죽는 방식은 요한묵시록의 내용과 닮아 있죠. 그 묵시록 내용과 세계 지도 모양을 통해 윌리엄은 장서관의 수수께끼를 풀어갑니다.

여기까지 봤으면 아시겠지만…
이 작품의 연쇄 살인은 단순히 수도사
간의 원한에 의한 것이 아닙니다.

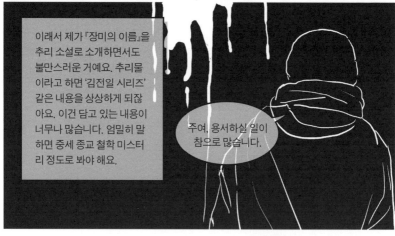

이래서 제가 『장미의 이름』을
추리 소설로 소개하면서도
불만스러운 거예요. 추리물
이라고 하면 '김전일 시리즈'
같은 내용을 상상하게 되잖
아요. 이건 담고 있는 내용이
너무나 많습니다. 엄밀히 말
하면 중세 종교 철학 미스터
리 정도로 봐야 해요.

주여, 용서하실 일이
참으로 많습니다.

당연하지만 스포는 안 할게요!
결말까지 보고 기쁨을
누리시길 바랍니다.
다만…

결말부에 대해 약간만 말씀드리자면, 움베르토 에코는 작가이기 이전에 학자이고, 철저한 역사적 고증을 바탕으로 소설을 씁니다.

내용은 알고리즘처럼 정확히 짜이도록!

그렇기에 이 작품엔 드라마틱한 해피 엔딩은 없습니다.

윌리엄 수도사는 홈스처럼 말끔히 사건을 해결하고 태연히 마약을 꺼내 들지 않습니다.

이곳은 너무도 시끄럽구나….

수도원의 장서관이 개방되어 모두가 지식을 향유하게 되지도 않습니다.

이런 곳에는
주님이 계시지 않아…

그렇다고 눈 뜨고 못 볼 배드 엔딩이라는 뜻도 아닙니다. 이 작품의 진가는 결말에서 드러납니다. 에코의 선에서 허락하는 드라마틱한 연출로 깊은 감동을 안겨줍니다.

더불어 자잘한 장점을 말씀 드리자면요. 이 책을 읽으면 중세의 가톨릭 양상, 그리고 수도원 문화에 대한 상식이 굉장히 풍부해집니다. 같은 기독교 안에서도 엄청나게 세세한 분류가 있고 그 교파 끼리 피 터지게 대립하는 모습을 볼 수 있죠. 그 토론 과정에서 온갖 책과 성인의 말씀이 인용되기에 종교적 상식도 늡니다.

키레네의 시네시우스는 신성이란 것은 능히 희극과 비극을 두루 꿸 수 있다고 했소.

놀라 사람 파울리누스와 알렉산드리아 사람 클레멘스는 웃는 어리석음을 경계하라 했습니다.

아, 그렇다고 이 소설이 기독교인을 노리고 쓰인 건 아니에요. 배경이 배경이다 보니 종교색을 띠지만 굉장히 논리적이고 학술적으로 다뤄집니다. 누구나 편안히 볼 수 있어요.

애초에 『장미의 이름』에서 말하는 핵심 주제는 '맹목적 믿음에 대한 경계'입니다.

또 하나의 중요한 장점은 필력입니다. 보통 필력이 좋다고 하면 많은 사람이 주로 아름다운 표현을 생각하는데… 『장미의 이름』에 나오는 문장들은 좀 다릅니다.

법열의 환상과 사악한 광란은 서로 그리 멀리 떨어져 있지 않다….
그때 사부님은, 우주라고 하는 것이 아름다운 까닭은, 다양한 가운데에도 통일된 하나의 법칙이 있기 때문이기도 하겠지만 통일된 가운데에서도 다양하기 때문일 수도 있는 것이라고 대답했다.

움베르토 에코, 『장미의 이름 상』, 이윤기 옮김, 열린책들, 117쪽

예쁜 표현에서 느껴지는 미가 조각상의 아름다움이라면, 에코의 문장에서 느껴지는 미는 탄탄하게 지어진 건물의 아름다움입니다. 문장 하나하나가 꽉 짜여서 사이사이에 손톱 하나 안 들어갈 것 같은데 그 점에서 경외감이 느껴집니다.

와 씨, 너무 좋아 죽을 것 같다.

문장은 탄탄하면서 정교하고 주제도 건조한 데다 논리 그 자체인데 내용은 감동적이기 그지없습니다.

에코 옹은 이 작품을 씀으로써 차가운 주제에서 감동이 나올 수 있음을 증명한 거예요. 그게 『장미의 이름』이 지니는 또 하나의 가치라고 생각합니다.

근데 번역본으로 보면서 필력 얘기해도 되나?

넹. 저는 잘된 번역이면 해도 된다고 봅니다.

아! 말 나온 김에 번역 관련해서 한마디 하겠습니다.

『장미의 이름』의 번역본은 고 이윤기 님이 영문판을 중역하신 것 하나뿐입니다.

그리고 저는 이 번역을 상당히 좋게 봤는데, 우선 500개에 달하는 신학적 주석을 다 정리해 써놓은 것도 대단하고, 또 어휘가 굉장히 예스럽고 고급스러워서 읽을 맛이 납니다. 작품 분위기랑 아주 잘 어울리고 멋있습니다. 고전미가 살아 있다고 할까요.

근데 처음엔 주석도 적고 오역도 많았다네요.

대거 개정을 했다고 합니다. 뭐 그것도 책임감의 증거지만요.

문제는 저는 좋아하는데 싫어하는 사람도 많다는 겁니다. 예스러운 정도가 상궤를 벗어난 수준이라 무슨 성경에만 나올 법한 어휘를 그냥 써버리거든요.

건락이 뭔지 아세요?

치즈입니다.

건락 떡은 뭘까요?

치즈 파이입니다.

장난해?

욕 나오죠? 이해합니다.

배경이 이탈리아 수도원임에도 불교 용어를 차용하기도 했습니다. 사실 이건 엄밀히 말하면 오류 맞습니다.

사하촌? 불목하니?

또, 배경이 이탈리아 수도원임에도 수도사들이 대화 중에 사자성어랑 뭔가 구수한 관용구를 줄줄이 언급하기도 합니다.

"오불관언"

"만리장성 쌓다"

"귀동냥하다"

"만시지탄"

다시 말하지만 전 좋았어요. 다른 번역이 있었어도 이윤기 님 번역본을 봤을 겁니다. 작품의 정적이고 고전적인 분위기랑 매우 잘 어울려요.

하지만 맘에 안 드신다면…

참고 보세요. 저것밖에 없으니까요.

영어나 이태리어 되면 원서 보셔도 되는데 권장하진 않습니다. 이 책의 미친 듯한 어휘를 생각하면 엄청 어려울 거라서….

개인적인 인생작이기도 한지라 꽤 정성 들여 리뷰를 했습니다. 이 리뷰를 통해 보다 많은 분이 『장미의 이름』을 알고 그 매력을 이해해주셨으면 합니다.

바우돌리노

푸코의 진자

전날의 섬

로아나 여왕...

이걸 언제 다 본담.

그리고 이거 읽고서 에코의 모든 소설에 너무 겁을 내지는 마세요. 이분 작품은 나중에 쓴 것일수록 쉬워집니다. 유작 바로 이전에 나온 작품인 『프라하의 묘지』를 보면 『장미의 이름』에 비해 굉장히 평이해졌다는 사실을 알 수 있습니다.

UMBERTO ECO

UMBERTO ECO

프라하의 묘지

프라하의 묘지

그래도 여전히 어렵지만요! 도전해주세요!

결국 겁주면서 끝내네. 젠장!

Behind Story

현재로서는 제 인생작입니다. 그러나 남에게 쉽게 추천하기 힘든 작품이기도 하지요. 에코는 현대 작가 중 쥐스킨트와 더불어 시대극을 가장 실감 나게 그려냅니다. 압도적인 지성과 성찰이 있어야 가능한 일이지요.

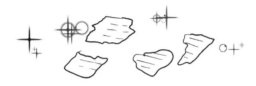

『장미의 이름』은 아직 실력이 부족할 때 리뷰한 적이 있습니다. 그림이나 내용은 정말이지 불만족스러웠지만 그럼에도 작품의 인기 때문에 많은 사랑을 받았습니다. 다행히 단행본 작업을 하며 이 명작을 다시 리뷰할 수 있는 행운을 얻었습니다. 그래서 최선을 다해 그려냈습니다. 수도사를 캐릭터로 하나하나 그려내며 전율을 느꼈던 기억이 납니다.

에코 님의 책들은 책장 가장 높은 곳에 뒀습니다. 항상 우러러볼 수 있도록 말이죠.

사실 『장미의 이름』은 엄밀히 말하면 고전이 아닙니다. 그도 그럴 게 1980년에 나왔으니까요. 하지만 평가로 보자면 이미 고전의 반열에 올랐기 때문에 수록하게 되었습니다.

보통 움베르토 에코는 책 덕후 대선배로서 소개됩니다. 실제로 그는 책 덕후였고, 『장미의 이름』이나 다른 작품에서도 서책에 대한 애정이 엿보입니다. 문제는 그 덕력의 밀도가 워낙 높다 보니 독자를 지치게 한다는 거죠. 에코 책의 권장 독서량은 하루에 50페이지입니다. 『장미의 이름』과 같은 초기작은 더더욱 그렇습니다.

오늘은 카페에서 하루 종일 독서하고 에코 책 끝장낸다. 아ㅋㅋㅋ

현실은 100페이지 보고 멍 때리다 돌아옴.

최근에는 중세와 르네상스라는 시대 구분이 무의미해진 감이 있습니다. 그래도 14세기를 전후하여 피렌체 인근에서 수많은 인문주의 문학가들이 나왔음은 부정하지 못하죠.

그 대표 격이 단테, 페트라르카, 보카치오입니다.

이 복 받은 도시는 이후 메디치 가문의 후원을 발판 삼아 본격적으로 르네상스 문화의 발상지가 됩니다.

피렌체의 빛나는 문화는 비단 문학뿐 아니라 예술 전반에 걸쳐 등장합니다.
조각과 그림에는 다빈치, 미켈란젤로가 있었고, 건축에는 기베르티와 브루넬레스키가 있었죠. 도시에는 옛 그리스어 서적까지 두루 보관한 위대한 도서관이 숨 쉬고 있었습니다.

메디치 가문은 아이러니한 존재였습니다. 그들은 피렌체의 독재자였고, 타락한 교황을 낳은 가문이었습니다. 그러나 동시에 위대한 예술을 만든 후원자이기도 했습니다.

한때 메디치가의 후원을 받았으면서 민주주의를 지지한다고? 위선적이네. ㅋ

평가야 엇갈리지만, 관광객에게는 고맙기 그지없는 존재입니다.

고스란히 남은 메디치의 문화적 유산은 유럽 여행을 한다면 이탈리아, 그중에서도 피렌체를 가장 마지막으로 가라는 조언을 하게끔 만들거든요. 그러지 않으면 나머지 도시가 다 시시하게 느껴질 테니 말이죠. 그 정도로 아름답습니다. 르네상스 절정기의 문화는요.

영국, 프랑스는 그냥 맛보기 체험판이었어.

살아 있길 잘했어.

하지만 그건 조금 뒷날의 이야기고!

파라락

이번 주제는 이 인문주의 문화가 막 피어나기 시작한 시기, 즉 14세기에 쓰인 이야기입니다.

단테의『신곡』과 대비되어 '인곡'이라고까지 불렸던 보카치오의 저서,『데카메론』속으로 들어가 봅시다.

Giovanni Boccaccio

데카메론
조반니 보카치오/한형곤 옮김

동서문화사 버전의 장점
- 로마대학에서 문학박사 학위 까지 따신 한형곤 님의 번역이 라서 근본이 넘침.
- 저렴함.

단점
- 표지 때문에 밖에서 못 읽음.
- 시 몇 개가 빠져 있음.

표지부터 유두 노출 실화냐.

페스트가 유행하던 시기의 이탈리아 피렌체, 그곳의 타락한 사회상, 그리고 사람들의 적나라한 욕망 속으로요.

Chapter 5

Decameron

문란하고 유쾌한 서사들

『데카메론』

자, 아마 이 책에서 리뷰하는 문학 중 가장 옛날 작품에 속하지 않을까 싶은데요. 『데카메론』이라고 하면 어떤 생각이 드십니까?

좀 있어 보이는 외국어! 게다가 르네상스! 인문주의!

굉장히 점잖고 품위 있는 책이겠지?

그럼, 제목을 번역한다면 어떨까요?
'데카메론'은 그리스어로 '열흘간의
이야기'라는 뜻입니다.

여기까지 알았다면 이런 반응이겠죠.

아니, 그래도
그 열흘간의 이야기
속에 온갖 세련되고
점잖은 풍자가 있겠지.

이런 책 읽는 사람은
진짜 지식인일 거야!
봐봐, 책도 두껍구먼.

어? 생각보다
쉬워 보이는
제목이네….

그럼, 실제로 읽었다면 어떨까요?

전철이나 카페에서 『데카메론』을 읽는 사람을 본다면 어떨까요? 이전까지는

와! 교양 있는 문학인!

뭐, 이런 생각이 드셨겠죠.

이제는

이 새끼 공공장소에서 야설 읽고 앉아 있네.

이러면 됩니다!

제가 이 책의 제목을 처음 들은 건 의외로 초등학생 때 였습니다. 르네상스를 다루 는 학습 만화를 읽으며 당시 책들에 관심이 갔죠.

그래서 대학에 갓 입학했을 때 몇 권을 도서관에서 챙겨 봤습니다. 『군주론』읽으면서 마키아벨리 덕질을 한 것까진 좋았는데,

아니 그런 덕질 왜 함?

마키아벨리는 대2병을 자극하는 뭔가가 있음. 암튼 있음.

『가르강튀아와 팡타그뤼엘』을 보고선 내용 절반이 똥이랑 방귀 얘기라는 걸 깨닫고 뭔가 현타가 세게 왔습니다. 아무래도 라블레의 성벽이 자꾸 의심됩니다.

요새『가르강튀아』읽는다며? 많이 유식해졌겠다. 하하.

왜 그런 눈으로 보는 거니?

『신곡』은 왠지 각 잡고 읽어야 할 듯해 미뤄뒀고요. 그다음에 시도한 게『데카메론』이었습니다. 그 학습 만화에서 내용을 대강 소개해둬서 줄거리는 알고 있었습니다.

열흘간 뭔 이야기를 했길래 이렇게 두꺼운 겨.

그래. 아무렴 『가르강튀아』보다야 낫겠지.

난 오늘도 프랑스가 좀 싫어졌어.

앞서 말씀드렸듯『데카메론』의 배경은 흑사병이 창궐하던 시기의 피렌체입니다. 병으로 죽은 시체가 도처에 깔리던, 우울한 시기였지요.

야, 근데 흑인도 백혈병 걸리냐?

백인도 흑사병 걸리잖아?

아하. ㅎ

이때 일곱 명의 아가씨가 산타 마리아 노벨라 성당에 모여 말합니다.

친척들도 줄줄이 돌아가신 마당에 이 도시에 계속 있는 건 너무 우울하지 않나요?

잠시 어디 별장으로 피난을 가면 어떨까요? 병도 피하고, 즐거운 휴가도 보내고요!

이에 나머지 아가씨들은 '그것 참 좋은 생각이다!' 하고 찬성합니다.

하지만 여자끼리 가는 건 위험하니, 우리 또래 남자들 몇몇이 끼면 좋겠어요.

바로 그때 몇몇 아가씨와 썸 타고 있던 청년 셋이 성당에 들어왔고,
그들을 설득해 함께 피난처로 향합니다.

보카치오가 여자를
편애해서 이 사내들은
외모 묘사도
없다시피 합니다.

이렇게 피렌체의 남녀 열 명은
아름다운 별장으로 향하는데요.
친척들 다 죽고 피난 온 것치고
는 너무 해맑게 잘들 놉니다.
귀찮은 건 다 하인들이 챙겨주고
참 팔자 좋다 싶어요.

이들은 별장에서 지내는 동안
매일 한 명씩 돌아가며 왕이나
여왕 역할을 맡습니다.
왕이나 여왕이 되면 그날 하루
를 어떻게 즐겁게 놀 건지 정
해 명령을 내립니다.

아름다운 피아메타를
여왕으로 임명합니다.

피아메타(작은 불꽃)는
보카치오가 사랑했던
여성의 애칭입니다(본
명은 마리아). 평생에 걸
쳐 그의 작품 속 인물로
등장합니다.

근데 그 시대에 뭐 플스나 닌텐도 같은 게임기가 있겠습니까. 그들의 오락은 한 명씩 돌아가며 재미난 이야기를 들려주는 겁니다. 매일매일 그날의 왕이 정한 주제로 말이죠.

오늘의 이야기 주제는….

열 명의 남녀는 각자 자신이 알고 있는 이야기를 꺼냅니다.

피난 기간은 총 2주인데요. 주말엔 기독교도로서 그냥 조용히 쉬는지라, 이야기를 하는 기간은 총 열흘이 됩니다. 남녀 열 명이 열흘 동안 이야기를 하는 겁니다.

그러니까 『데카메론』에 담긴 단편은 총 100개가 됩니다.

800페이지 이상의 분량에 단편 100개! 굉장히 재밌긴 한데 그 이상으로 밀도가 높습니다. 한 번에 보지 말고 조금씩 나눠 읽길 권합니다. 어차피 이어지는 얘기도 아니고요.

난 왜 저녁마다 짬 내서 이탈리아 야설을 읽고 있는가.

그렇게 해서 나온 이야기들은 당시 사회를 신랄하게 풍자하고, 아주 웃기고 재밌습니다. 그래서 교황청은 노발대발하고, 대중들은 실컷 즐겼다고 하죠.

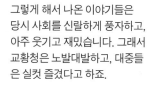

『데카메론』봤지? 수도사가 유부녀랑 함 해보려고 난리를 치고….

맞습니다.
이 책은 신랄하고, 웃기고, 재밌습니다.

고귀한 부인도 뒤로는 애인 하나씩 두고….

하지만 제가 본 학습 만화는 어린애들 대상으로 쓰인 거라서 『데카메론』의 내용이 말도 못 하게 야하고 섹드립덩어리라는 소린 차마 못 했어요.

그렇게 재밌으면 저도 읽….

안 돼 안 돼.
너무 빨라!!

그래서 만화에서는 개중 초반부에 나오는 점잖은 이야기 하나를 골라 소개했습니다. 그것부터 봅시다.

다녀왔네.

로마에서는 수도사도 여자를 몇 명씩 끼고 놀고, 추기경들은 당연하게 사생아를 두고, 돈으로 성직을 사고팔더군.

으아악 역시!

그럼 자네는 개종하지 않겠지…?

아니, 난 개종할 걸세.

성직자들이 그토록 최선을 다해 가톨릭을 이 세상에서 추방하려 하는데도 도리어 신자가 점점 불어나기만 하니,

그게 자네들 종교가 가장 신성하단 증거 아니겠는가?

이렇게 하여 유대인 친구는 세례를 받았고, 전도한 당사자는 친구가 구원받게 되어 매우 기뻐했다고 한다.

이런 느낌이에요.

어떤가요? 적당히 재밌고 골 때리죠?

어릴 때 이 이야기 하나만 발췌해서 만화로 소개한 걸 보고,

재밌겠다 이거. ㅋㅋ

유럽여행 소홍상자

하며 좋아했던 기억이 남아 있습니다.

그리고 세월이 흘러 대학생 때
완역본을 전부 읽자,

그만 정신줄을 놔버리고 말았습니다.

만화 작가는 야한 이야기가
덜 들어간 첫째 날 편에서
하나를 고른 거였습니다.

열흘간의 이야기 주제는 매일
달라집니다. 고생 끝에 낙이
오는 이야기나 비극적인 사랑
이야기 등등이 나오죠.
이 동네 젊은이들은 뭐 그리도
주워들은 게 많은지, 어떤 주제
가 나와도

저는 이런 이야기가
생각났습니다!

하며 술술 말을 꺼냅니다.

그렇게 나오는 이야기는 판타지적 요소는 거의 없이, 당시의 타락한 사회에 있을 법한 것들입니다. 주로 등장하는 것은 풍기 문란한 성직자와 남녀입니다.

이 동네 커플은 왜 대화고 데이트고 다 생략하고 번식 행위만 하냐.

너 혹시 플라토닉이라는 단어 아니?

그런 눈으로 보지 마.

일단 풍자가 맞긴 해요. 근데 풍자 핑계로 야한 소설을 쓴 거 아닌가 싶을 정도로 막장입니다. 이걸 단적으로 보여주는 게…

아무튼 야하다 이거죠?

좋네. ㅎ

아니… 솔직히 야설로서도 많이 미묘해요.

이 동네 남녀들 너무 유쾌하게 벗어젖혀서 야한 느낌 하나도 안 들고요. 그냥 웃겨요.

진짜 야한 책이라기보단 성인용 유머집 느낌?

단편들에 나오는 히로인 중 약 75퍼센트는 유부녀입니다.

근데 그렇다고 남편이랑 사랑하는 얘기는 아닙니다. 대충 아시겠죠?

남편 올 시간이네! 얼른 창문으로 나가요.

다음에 또 와요!

예를 들기 위해 단편 몇 개를 뽑아 왔습니다. 같이 봅시다.

첫 번째 이야기는 수녀원을 배경으로 합니다. 주인공 남자는 평범한 농민인데 수녀들과 이런저런 짓을 즐기고 싶어 합니다.

대충 왜곡된 상상도.

그래서 마침 일꾼이 없어진 수녀원에 가 얼쩡거립니다. 바보 벙어리인 척하고요.

?

수녀들은 이 남자가 우직한 바보인 줄 알고, 그대로 데려가 수녀원 내부에서 일하게 합니다.
이걸로 1차 목적 달성.

이 옷에 뭐 훔쳐볼 게 있다고.

어느 날 수녀들은 자는 척하는 남자 앞에서 말합니다.

생각해보니, 우리는 수도자라서 즐거운 일도 하지 못하고 억누르기만 하잖아요.

맞아요. 남녀 간에 즐기는 일도 전혀 모르고요. 따분하기 짝이 없어요.

그런데 저 벙어리 남자, 잘 보니까 괜찮게 생기지 않았어요?

잠깐 즐기는 건 하느님도 눈감아 주시겠죠…?

이렇게 수녀들은 주인공과 한바탕 즐긴 뒤,
그대로 신세계에 눈떠버립니다.

시작은 두 명이었지만 곧 다른 수녀들도 재미 보는 데 정신이 팔립니다.

남자는 처음엔 좋아했지만 나중엔 생명의 위협까지 느끼죠.

이대로면
힘에 부쳐 죽겠다!

그래서 기적적으로 말을 하게 된 척하며
원장 수녀에게 전부 털어놓습니다.

인간 남자는 수탉이 아니어서
열 명의 여자를 만족시킬
수 없습니다요.

하느님 은총으로
말을 하게 됐지만
이건 어떻게 안 됩니다요!

뭔가요, 그 표정은.

다행히 별문제는 없었습니다. 수녀원에서는 남자의 체력 구비를 위한 방법을 찾았고, 이전과 마찬가지로 행복하게 살았답니다.

비록 수녀가 몇 명이나 임신 하는 사태가 벌어졌지만, 그게 뭐 별일일까요?

두 번째 이야기는 한 공주의 기막힌 모험담입니다.
바빌로니아의 공주는 대단한 미인 이었습니다. 혼기가 차자 이웃 나라 왕족과의 혼담이 들어왔고, 결혼을 위해 뱃길에 올랐습니다.

근데 이런 이야기가 다 그렇듯이 폭풍우가
쳐서 배가 뒤집히고 박살이 납니다.

배가 출항하고 목적지까지
잘 갔다는 이야기 하나라도 들어보신 분?

공주는 겨우 살아서 어느 섬에 이릅니다.
이탈리아 한 지역인데 공주로서는 말도
안 통하는 곳이었죠.

근데 너무 예뻐서
그런지 금방 한 귀족
이 눈독을 들입니다.

오우야

어떻게든 공주를 꾀지만 공주는 나름 완고하게 버팁니다.

그래서 몸으로 유혹했더니 잘 넘어왔습니다.

공주는 뭐 어찌 됐든 기분도 좋은 데다 새 남편이 잘해주니 그냥저냥 살아갑니다.

주의: 말이 안 통해서 대화는 한마디도 안 했다.

그런데 공주의 미모에 반한 다른 사람이 남편을 죽이고 그녀를 납치합니다.

공주는 매우 상심했지만, 새 남편이 된 남자가 잘 달래주니 곧 넘어갑니다.

주의: 말이 안 통해서 대화는 한마디도 안 했다.

그 남편도 어찌어찌하다 죽게 됩니다.

곧 다른 남자가 공주에게 반해 구애했습니다. 공주는 상심했지만 곧 그 남자가 좋아져서 다시 행복하게 삽니다.

이 과정을 몇 번 반복했을까요?

결과적으로 공주는 몇 년간 남편을 여덟 명쯤 바꿨습니다.

우연히 고국의 귀족을 만나기 전까지 말이죠. 공주는 신세 한탄을 하며 귀족에게 자기가 어떻게 살아왔는지 털어놓습니다.

제가 얼마나 비참하게 살았는지 아세요?

귀족은…

할 말은 많지만 닥칩니다.

이건 뭐 그냥

바지만 입으면 다 좋은 건가?

열녀문 세울 필요까진 없지만 이건 좀 그렇잖아, 솔직히.

폐하께는 수도원에 있었다고 말씀드립시다. 오케이?

다행히 공주와 혼담을 나눴던 왕은 아직 독신이었습니다. 무사히 고국에 온 공주는 다시 본래의 혼약자와 결혼합니다.

전남편이 여덟 명이나 있었지만 숫처녀로 속여 넘기고 말이죠. 이야 해피 엔딩!

가르친 결과가 왜 이 모양일까요.

설마 가르쳐서 나아진 게 이건가?

근데… 이 동네도 일단은 여느 전근대 국가처럼 '정조는 목숨보다 소중하다'고 가르치거든요?

세 번째 이야기는, 겉보기엔 잘 지내는 듯한 부부의 트러블 이야기입니다.

이 부부 중 남편은 남색자였습니다. 여자한텐 관심이 없어서 부인은 내팽개치고 남자와만 놀았죠.

아내는 너무 화나고 욕구를 풀데도 없어 상담을 받습니다. 마을에서 최고로 착하고 성녀 같은 할머니에게 말이죠.

진지하게 드리는 말씀인데요….

남편이 사내놈이랑 바람을 피우는데 저도 그대로 갚아주는 게 맞죠!

어디 적당한 남자 좀 소개해주세요. 저도 바람피울 거예요!!

성녀 같은 할머니는 말합니다.

그 생각이 참으로 옳습니다, 부인! 함무라비 법전에도 나와 있답니다.

내가 마을에서 최고로 잘생긴 남자와 연결해드리지요.

그렇게 해서 아내는 남편이 집을 비운 사이 내연남과 좋은 시간을 보내려 하는데….

근데 남편이 금방 돌아와버렸네?

아시다시피 남편은 남색자였습니다.

여, 여보! 이건 그러니까….

아, 닥쳐봐.

개잘생겼네.

뭐, 문제는 없습니다.
셋 다 행복했으니까!

더 골 때리는 이야기도
많지만 여기까지만 그리겠습니다.
세 개만 고르느라
되게 힘들었어요.

이걸 보시고 어떤
생각이 드세요?

아, 솔직히 스와핑 에피소드도
그리고 싶었는데···

다행히 모든 단편이 이런 건 아니고요.
한 20퍼센트는 고생 끝에 낙이 오는 모험
물 혹은 무난하게 재밌는 이야기입니다.
가뭄에 콩 나듯 매우 건전하고 감동적인
이야기도 있습니다.

특히, 마지막 날 이야기는 그간의 막장을 애써 수습하려는 듯 건전하고 아름다운 이야기 위주입니다.

근데 이미 늦었어. 미친놈들아!

뭐야, 이거 왜 갑자기 부부간 사랑과 자비와 절제를 강조해.

이게 『데카메론』이냐 『탈무드』지.

왜 책 속 단편들이 이렇게 개막장일까요?

실제로 당시에 이탈리아가 저랬기 때문에?

과장은 좀 있을지언정 아예 허무맹랑한 이야기는 아닙니다. 실제로 교회가 타락하고 사람들도 부조리 아래 문란하게 살던 시기니까요. 중세 말의 혼란한 사회상과 남유럽 특유의 심하게 열정적인 성향이 시너지 효과를 일으킨 거라 생각합니다.

사실상 인곡(X)
중세 이탈리아 인곡(O)

묘한 건, 제가 이탈리아 소설을 제대로 접한 게 『데카메론』이 처음이었는데, 이거 읽고 이탈리아가 좋아졌습니다. 막장이기도 하지만, 되게 유쾌하고 웃기고 흥도 넘치는 나라다 싶었거든요.

재밌는 동네야.

실제로 틀린 말도 아니고요.

그러니 한 번은 꼭 읽어보셨으면 좋겠습니다.

워낙 꿀잼인 데다 새로운 문화 체험도 되고 한 시대에 대한 상식도 생기니까요.

멘털만 잘 챙기실 수 있다면!

Behind Story

정말이지 기가 빨려서 다 읽기도 힘든 작품입니다. 사실 이 리뷰에는 어처구니없는 장벽이 있었습니다. 하도 이야기가 많다 보니 처음 그릴 때는 내용을 좀 틀리게 그렸죠. 그래서 책을 펼쳐놓고 확인하며 그렸습니다. 그것까지는 좋았습니다만, 바빌로니아 공주 이야기가 문제였습니다.

첫 장의 요약문에는 전남편이 아홉 명이라 쓰여 있더니 이야기 뒷부분에는 여덟 명이라 쓰여 있고, 직접 공주와 잔 사람을 세어보니 이번엔 일곱 명이었습니다. 그래서 고민 끝에 여덟 명이라 표기했습니다. 대체 이거로 왜 고민해야 하는지도 모르겠고 너무 어이가 없었습니다. 진짜 남편이 몇 명인지는 작가인 보카치오도 몰랐을 듯합니다. 아무래도 이 동네 사람들은 자기 전에 양이 아니라 남편 수를 세어야 할 것 같네요.

남편이 하나,
남편이 둘,
남편이 셋···

하하하… 예.
김전일 할아버지의
원작 시리즈 리뷰,
지금 시작합니다!

Chapter 6

金田一耕助
고립된 지역의 연쇄 살인 모음집
'긴다이치 코스케 시리즈'

물론 '김전일'도 한물간 지금은 아예 모른다는 분이 훨씬 많겠죠?
하물며 그 기원이 된 작품을 읽은 분은 정말 많지 않으리라 생각합니다. '긴다이치 코스케' 자체가 한국에서 썩 인기 있지 않거든요.

이건 어쩔 수 없어요. 아무리 봐도 한국에서 대중적으로 인기 있을 작품이 아닙니다.

국내에서 정식 번역 출간된 작품 목록
「혼진 살인사건」
「도르래 우물은 왜 삐걱거리나」
「백일홍 나무 아래」
「옥문도」
「흑묘정 사건」
「악마가 와서 피리를 분다」
「이누가미 일족」
「여왕벌」
「삼수탑」
「밤 산책」
「팔묘촌」
「악마의 공놀이 노래」
「가면무도회」
「병원 고개의 목매달아 죽은 이의 집」

그래도 대표작들이 다 정식으로 번역된 게 어딘가 싶습니다.
먼저 말씀드리자면, 저는 이 시리즈의 대표작+α 정도를 읽었습니다.

『혼진 살인사건』(첫 작품. 「도르래 우물」&「흑묘정 사건」 수록)
『옥문도』
『이누가미 일족』
『팔묘촌』
『악마의 공놀이 노래』
『병원 고개의 목매달아 죽은 이의 집』(사실상 완결작)

안타깝게도 모든 작품을 본 게 아니라서 대표작 위주로 리뷰를 할 수밖에 없네요.

처음부터 이걸 다 읽으려고 한 건 아니에요.
그 경위를 살짝 말씀드리고 시작할게요.

제가 이 시리즈를 읽은 건 정말 우연이었습니다. 어디선가 얻어 온 책 중에 『악마의 공놀이 노래』가 섞여 있는 걸 발견했죠. 당시 일문학을 아예 모르다시피 했던 저는,

와! 김전일 할아버지 나오는 책이다!

하며 반가워했습니다. '김전일' 애장판을 모을 정도로 좋아했었기에 그 기원이 된 작품이 너무 궁금했죠.

그렇게 해서 한 권을 읽었고…

재밌고, 잘 썼는데,

인위적이고, 기분 나쁘다…

라는 인상이 남았습니다.

폐쇄적인 시골 마을, 그 속의 연쇄 살인, 그리고 온갖 출생의 비밀. 더불어 반인륜적인 내용까지. 수작이지만 찝찝함이 남는 작품이었습니다. 하지만 도서관을 갔을 때 그 시리즈가 한가득 꽂힌 걸 발견하고…

『옥문도』랑 『이누가미 일족』, 『팔묘촌』이 제일 유명한데, 난 그걸 하나도 못 봤었지.

그건 좀 다를 수도 있으니까 좀 더 챙겨 볼까?

하고 빌려 온 게 『옥문도』였습니다.

…

쏴

아

외딴 봉건적인 섬에서 벌어지는 살인 사건. 여전히 꺼려지는 점이야 있었지만 너무나 재밌었습니다. 정말 명작이었어요. 작품마다 패턴이 이렇게 비슷한데도 명작은 명작이구나 싶었습니다.

와 씨….

『이누가미 일족』도 보자!

…는 코로나 시국이라 중고 책을 샀습니다.

슬슬 식상했습니다.

와! 또 지역의 오래된 가문!
와! 또 개막장 뒷사정!

식상하지만…
한번만 더 믿어볼까?

이쯤 되니 처음에 불쾌했던
반인륜적 설정들도 그냥 즐기게 됨.
역시 코로나 시국이라 전자책 삼.

『팔묘촌』 이틀 만에 완독.

와…와 진짜….

최고 명작 인정합니다!!
더 볼 거야!
첫 작품은 어떤지 보자!
『혼진 살인사건』 내놔!!

역시 코로나 안 끝나서 전자책 삼.
(슬슬 알라딘 호갱이 되어감.)

하지만 진짜 아무거나 살 수는 없으니 '긴다이치 시리즈'의 마지막을 보고자 이걸 샀습니다.

『병원 고개의 목매달아 죽은 이의 집』

오랜 시리즈의 마지막을 본다는 일념으로 두 권을 이틀 만에 다 봐버렸죠. 반쯤은 애정으로, 반쯤은 까면서 봤던 시리즈물이지만…

긴다이치의 마지막을 보고 나자, 저도 모르게 눈시울이 붉어졌습니다.

왈칵

이걸 먼저 말씀드리는 이유는 이 리뷰가 까기 위한 것만은 아니라는 사실을 분명히 하기 위해서예요. 단점도 확실하고 호불호도 엄청나게 갈리지만 '긴다이치 시리즈'는 일본 추리물의 고전 격입니다. 분명 아주 잘 만든 추리물이고 미스터리물입니다.

더불어 제게는 일문학에 입문하게끔 해준 시리즈입니다. 이걸 시작으로 다자이, 아쿠타가와, 소세키 등 일본의 고전 문학 작가를 접하기 시작했거든요. 지평을 넓힌 계기랄까요? 그 점에 진심으로 감사하고 있습니다.

+
누가 김전일 이야기 꺼내면 "나 그 할아버지 나오는 시리즈 읽어봄!" 하고 말할 수도 있잖아요?

긴다이치 코스케라는 캐릭터도 역대 탐정 캐릭터 중 가장 복잡하고 인상적인 인물로 남아 있고요. 시작은 비판에 가까웠지만 결국 정이 들고 좋아하게 된 시리즈라 할 수 있습니다.

이걸 염두에 두시고 같이 산책해봅시다.

제가 비록 시리즈를 다 읽은 건 아니지만 첫 작품과 마지막 작품, 그리고 유명한 대표작들을 읽었으니… 그 안에서 할 수 있는 만큼 소개하고 리뷰해보겠습니다.

아마 그중에서 유명한 건 『옥문도』와 『이누가미 일족』이겠죠? 실제로 그런 작품들이 시리즈의 클리셰를 잘 보여주고 있기도 합니다. 그리고 그 클리셰를 '김전일 시리즈'가 그대로 답습하고 있죠.

최소한 시골 배경의 연쇄 살인 에피소드라면 '긴다이치'의 패턴을 그대로 베껴왔다 보셔도 됩니다. 그리고 '-관(館)'이 들어가는 곳이 배경인 경우에는 애거서 크리스티 쪽을 참고한 티가 나죠. 하지만 어쨌든 그 할아비에 그 손자라서 기본 뼈대는 '긴다이치' 쪽과 더 비슷합니다.

특히 새까. 이진칸촌, 쿠치나시촌!

지금부터 말할 주인공과 시리즈의 특징을 '김전일 시리즈'와 비교하며 보시면 더 재밌으실 겁니다.

간단히 말하면 '긴다이치 코스케' 쪽이 훨씬 매운맛이에요.

주인공 긴다이치는 『혼진 살인사건』 당시에는 20대 중반의 청년입니다. 이후에는 2차 세계 대전에 끌려갔다 오기 때문에 주로 30~40대의 모습으로 등장하죠. 그리고 마지막 작품에서는 이야기가 70년대로까지 넘어오며 환갑이 넘은 나이로 또 한 번 등장합니다.

혼진
살인사건
1937

병원 고개의
목매달아 죽은 이의 집
1973

여기서 알 수 있듯 '긴다이치 시리즈'는 일본의 근대사 전체를 아우릅니다. 덕분에 깨알같이 시대상을 보여주는 장치가 있어요.

나 때는 말이여, 순결 안 지키면 살인도 났어.

우리 때는 178센티면 허벌나게 큰 키였어.

변사 일을 하다 그만둔 사람 이야기
미국식 재즈 밴드를 하는 이야기
순결에 대해 갈수록 관대해지는 사회 분위기
발육이 좋아져서 키가 커지는 인물들(?)

그 속에서 긴다이치 코스케는 조용히 포커페이스로 사건을 해결해나갑니다.

이 김전일 할아버지는 샤프한 분위기의 탐정이 아닙니다. 오히려 평범하고 어수룩하게 묘사되죠. 평균 이하의 키, 곱슬머리, 흥분하면 말을 더듬는 버릇, 초라한 하카마 차림에 벙거지…. 어찌나 평범한 외모인지, 보는 사람마다 실망합니다.

이 버릇까지도 손자놈한테 갔구먼….

그러나 비호감상이라는 이야기는 아닙니다. 오히려 편안하고 호감을 주는 외모라서 누구나 그의 앞에선 긴장 풀고 말을 털어놓게 되죠. 탐정으로서는 이쪽이 더 나을 수도 있습니다.

호구상이라서 방심하고 다 털어놨다….

또 하나의 중요한 특징은 추리를 완전히 다 마치고 범인을 100퍼센트 확신하기 전까지는 아무 말도 하지 않는다는 겁니다. 김전일도 그렇죠? 덕분에 비웃음도 받지만, 이게 사실 어느 정도는 맞습니다. 엉뚱한 사람 체포하면 안 되잖아요.

난 범인도 짐작하고 있고 트릭도 대충 감 잡았지만 아직 아무것도 알려주지 않겠어!

여기까지는 사실상 김전일과 긴다이치는 똑같습니다.

근데 난 대체 어느 시점에서 애를 만든 거냐?

할머니는 예쁘니?

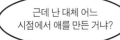

하지만 세세한 곳에서 다르죠. 김전일은 어떤 부당한 상황이 나오면 분노하고 정색합니다. 껄렁한 고교생이지만 정의감이 확실하기에 어느 정도 독자의 마음을 대변합니다.

사람이 죽었는데 내기를 하자고요? 제정신이에요?

와! 시체를 다 뒤틀고 머리만 빼 가다니, 범인은 진짜 사이코네요!

긴다이치는 어떨까요?
그는 무심하고, 중립적이고,
의뭉스럽습니다.

저 집 딸이
능욕당할
뻔했어요!

사실 제가 저희
양아버지의
SM 파트너였어요!

남편이
두 집 살림을 해요.

아, 그래요?

우리 아들은
친자가 아니에요!

나름대로 잘 웃기야 하지만 그것뿐,
속을 결코 완전히 터놓지는 않습니다.
오히려 명백한 부당함을

그래? 그럴 수 있어.

하고 슬슬 넘어가는 면이 강합니다.

더불어 앞에서 나온 중요한 특징,
범인을 완벽히 추리하기 전에는
아무것도 말하지 않고 방심해서
피해자를 다 죽게 만든다는
우스갯소리가 긴다이치한테는
농담이 아닙니다.

얘는 아무리 구체적인 경고를 받아도 대상을 적극적으로 보호하려 하지 않습니다. 아예 사건 시작 전부터 범인을 의심하고 있었고 실제로 그 범인이 맞는데도 아무에게도 귀띔조차 해주지 않습니다.

보호 대상이 딱 정해져 있지만 나는 같은 집에서 안 자고 뚝 떨어진 절에서 자야지!

거의 지 추리하겠답시고 연쇄 살인을 방치하는 수준이에요. 『팔묘촌』이랑 『옥문도』에서 이 터무니없는 무심함이 두드러집니다.

저는 대표작을 모두 보는 동안 한 번도 긴다이치가 흥분하며 소리 지르고 분개하는 모습을 보지 못했습니다. 이 캐릭터는 '무심함'이 가장 큰 특징이에요.

입 닥쳐! 이 악마 같은 살인귀! 반드시 네놈을 찾아 부숴버리고 말겠어!

이런 대사 안 나옵니다. 한 번이라도 얘가 흥분하는 것 좀 보고 싶어서 아무렇게나 그렸습니다. 앞으로 '긴다이치 시리즈' 읽다 답답하실 때면 이 페이지를 보시면 됩니다.

그래서 제 생각에 긴다이치는 독자를 그대로 대변하는 인간적인 캐릭터는 못 되고, 정의로운 탐정 캐릭터도 못 됩니다. 탐정 캐릭터의 성향은 일반적으로 질서와 선일 텐데 긴다이치는 질서와 중립인 느낌입니다. 어떻게 보면 굉장히 개성적인 캐릭터죠.

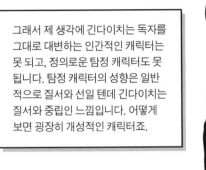

…얘 소시오패스임?

뭐 그 생각도 안 해본 건 아닌데….

그러나 아예 감정 이입이 불가한 냉혈한은 결코 아닙니다.

멋쩍을 땐 웃고,

무시당할 땐 노련하게 분개하며,

아하하! 형사님, 제 말투 따라서 말 더듬으시는 거예요? 너무하시네!

아, 젊은 양반, 자네한텐 어떻게 보이나? 사립 탐정이란 좀 더 용맹한 생김새를 하고, 스마트하고, 외알 안경에 파이프까지 챙겨야 한다고 생각하나?

때로는 뒤통수도 치고,

미안 고갱님. ㅋ

좋은 정보 뜯어냈으니까 오히려 내가 돈을 드렸어야 했는데!

진지하게 청혼도 해보고,

같이 도쿄로 가실래요?

사건이 끝날 무렵에는…

또다시 희생자가 늘었고, 또 이 마지막이 새로운 드라마로 이어질 거라는 예감에…

저는 견딜 수가 없습니다.

고독감에 몸부림칩니다.

마냥 정의롭지도 않고, 조용히 진리의 편에 서는 탐정 긴다이치는 시리즈 전반에서 잔혹한 살인 사건과 조우하고, 전후 일본에서 벌어지는 폐쇄적인 부조리를 마주합니다.

이제부터는 그의 행적을 따르는 시리즈의 특징을 봅시다.

특징 1.
배경은 외딴 지역

시작은 어떤 의뢰를 받거나 혹은 경고를 받아서, 아니면 그냥 긴다이치가 쉬러! 완전히 외딴 시골 마을에 가는 겁니다.
그곳은 보통 시골이 아니라 완전히 육지의 섬 같은 곳입니다. 옥문도는 아예 진짜로 섬이고요. 주민들의 유전자풀이 의심될 정도로 작은 사회입니다.

당연히 사람들도 배타적이고 폐쇄적입니다. 그리고 과학보다 미신을 신봉합니다.

외부인이네?

외부인이야.

우리 마을엔 무슨 볼일이야?

게다가 '긴다이치 시리즈'의 주된 배경은 1940~1950년대입니다. 이 시기 시골은 근대의 숨결이 덜 들어온 곳입니다. 지금 보면 뜨악할 일도 서슴없이 일어나죠.

이건 '특징 3'에서 더 자세히 이야기하겠습니다. 바로 이 폐쇄성과 봉건성이 '긴다이치 시리즈'의 뼈대라 할 수 있습니다.

이게 단점은 아니에요. 작가인 요코미조 세이시 옹은 작은 사회를 표현하는 일에 정말 특출하거든요.

보다 보면 특유의 폐쇄적 분위기에 취해 시리즈를 계속 찾게 됩니다. 저도 그랬고요.

근데 이 정도면 작가가 시골 혐오··· 라기보다 시골에 대한 이상한 로망이 있는 거 아닌가 싶어요.

특징 2.
그 속의 전통 있는 가문

마을에 오래된 가문이 한두 개 있습니다. 이들이 터를 잡고 마치 자기가 다이묘라도 된 것처럼 굽니다. 봉건적인 사회이니 마을 주민들도 여기에 잘 복종하고요. 보통 이 명문가가 이야기의 중심이 됩니다.

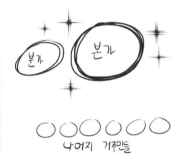

본가

본가

나머지 거주민들

그리고 이 가문은 열이면 열, 알고 보면 개족보에 난장판입니다. 짐승도 이러진 않겠다 싶은 족보가 막 등장해서 나중에는 해탈하게 됩니다.

뭐야, 가계도 복잡해.
게다가 중간에 합쳐져!

근친에 불륜에 사생아에,
임신한 건 사실 다른 남자 애였고

사촌 근친상간 정도야 이 당시 가문에선 금기조차 아니어서 아무렇지 않게 행해지는 걸 볼 수 있습니다. 이 시리즈 몇 개 읽고 나면,

사촌은 당연히
약혼자 아닌가…?

19세기면 몰라도
이거 배경은
1940년대라고!

이러는 자신을 발견할 수 있습니다!

그래서 이누가미 일족이 전형적인 화족의 이미지라는 말을 주워듣고는,

화족은 이렇구나…

하고 편견 아닌 편견이 생겼었습니다. 아니겠죠? 아닐 거예요. 아니어야 해요.

특징 3.
반인륜적 설정들

물론 옛날 소설들은 지금과 달리 좀 반인륜적인 내용이 있을 수밖에 없습니다. 고전들 보면 흑인은 사람이 아닌 것처럼 나오고 남존여비야 기본이죠.

시대 생각하면 뭐 어지간히 심한 거 아니면 넘어가야죠….

하핫, 거기 깜둥이!

하지만 그 정도로 끝났으면 따로 항목을 만들지도 않았을 겁니다. 이 부분은 말이 특징이지, 대부분의 독자 입장에서는 단점입니다. 오죽하면 책 시작 부분에 편집부가 안내 문구를 달아놓았을 정도입니다.

※ 이 작품에는 오늘날 인권 보호의 견지에 비추어 부당하거나 부적합하다고 생각되는 어구나 표현이 있습니다.

이것은 '긴다이치 시리즈'가
수작임에도 쉽사리 추천할 수 없는
이유이기도 합니다.

이 작품에서는 아무리 봐도
미화하기 힘든 중범죄가 괜찮게 포장되어
넘어가는 일이 너무나 흔합니다.
대체로 그러한 범죄는 '명예를 위해',
'나름의 대의를 위해'로 포장됩니다.

더불어, 아무리 봐도 인간쓰레기인 사람을 서술자가

그분은 그래도
이러이러한 이유가 있었고
사실 훌륭한 분이셨어!

라고 매우 빈번하게 미화해줍니다.

추리물이라 스포일러
최대한 피하고 있는데요.
이게 정말 보통 일이
아닌데도 그럽니다.

자기 가족을 죽이거나
측실을 성노예처럼 다뤄도
이런 미화가 나와요.

나름의 사정은 있습니다.
근데 그래봤자 현대인은
납득 못 할 이유고.

더불어 주연과 조연 모두 어딘가 도덕관념이 어긋나 있습니다. 보고 있으면 좀 답답해집니다.

와! 등장인물이 죄다 인간쓰레기!

나름 착한 인물도 뭔가 의뭉스러워.

아마 '긴다이치 시리즈'가 시간이 지남에 따라 사람들에게 아예 잊힌다면 이 점 때문일 겁니다. 솔직히 심각한 단점이거든요. 저는 재밌게 읽었지만 이 시리즈가 시대를 초월한 명작이라고는 생각지 않습니다.

특징 4.
선정적인 요소

떤궁포
남색

떤궁포
SM

되게…
일관성 있게
야합니다.

물론 선정적인 내용 나올 수 있어요. 있는데!

너무 시도 때도 없이, 그것도 깔끔한 것도 아니고 끈적끈적한 이상 성욕 묘사가 자꾸 나오니 독자 입장에서는 호불호가 갈립니다.

예를 들어서, 이렇게 써놓고도 믿기 어렵지만요. '셜록 홈스 시리즈'의 『바스커빌가의 개』와 '긴다이치 시리즈'의 『팔묘촌』은 은근히 공통점이 많습니다.

시골의 오래된 명문가가 주요 소재.
가문의 계승자가 처음으로 고향에 감.
가문에는 한때 흉포한 망나니 일원이 있었음.
그가 동네 아가씨한테 반해서 그녀를 납치함.

그런데 저는 남들에게 『바스커빌가의 개』는 바로 추천할 수 있지만 『팔묘촌』은 함부로 추천 못 합니다. 『바스커빌가의 개』의 망나니가 아가씨에게 하는 거라곤 방에 가둔 뒤 음식을 갖다주는 게 다지만,

둘 다 곧 깔끔하게 죽기 때문에
이 이상의 묘사는 안 나옵니다.

『팔묘촌』의 망나니는 일단 강간부터 하고 실컷 능욕해버립니다. 게다가 그 이후에도 이상 성욕으로 어떻게 능욕했는지 슬쩍슬쩍 꾸준히 나옵니다.

이건 예를 하나 든 거고요. 전반적으로 모든 시리즈가 그렇습니다.

정말 잘 짜인 추리 소설이지만, 이런 내용이 나오는데 남들한테 어떻게 선뜻 추천하겠어요? 주의점을 먼저 말할 수밖에 없습니다.

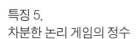

너무 까기만 한 것 같으니까 좋은 점도 쓰겠습니다!

특징 5.
차분한 논리 게임의 정수

이 시리즈는 긴박한 스릴러와는 거리가 멉니다. 철저한 퍼즐 맞추기식 미스터리에 가깝습니다. 작은 단서가 현장 곳곳에, 그리고 용의자들의 행동 곳곳에 흩어집니다. 그것들을 다 찾아 적절히 꿰맞추면, 그때 사건이 해결되는 겁니다.

그렇기 때문에 트릭도 기본적으로 복잡합니다. 기계를 활용한 밀실 살인도 심심치 않게 벌어지고요. 피해자 죽는 순서로 연막 치기, 가면으로 생기는 익명성을 이용해 연막 치기…. 뭐 그냥 추리물 하면 떠오르는 온갖 트릭이 다 활용된다고 보시면 돼요. 본격 추리물, 본격 미스터리물이라 가능한 특징이죠.

현실에서 이렇게까지 복잡한 사건이 흔한지는 둘째 치고,

그 머리를 좀 더 좋은 데 쓸 수 있잖아?

특징 6.
독자와 탐정의 페어플레이가 가능

이것 역시 정통 추리물이라 가능한 특징이죠. 긴다이치 코스케도 여느 탐정 캐릭터처럼 천재이긴 합니다.

애당초 천재 아니면 옷 푸는 난도.

근데… 그렇다고 셜록 홈스처럼 현장을 딱 보자마자

범인은 키 174센티에 선원으로 일한 경험이 있고 특정 브랜드의 담배를 피웁니다. 그리고 피부가 붉은 호주 출신 남자입니다.

하고 혼자 진도를 팍팍팍 나가버리진 않아요.

특징 5와 연동되는 이야기인데, 우선 단서를 독자에게도 보이게끔 뿌립니다. 그리고 그걸 가지고 긴다이치도 독자도 천천히 퍼즐을 맞춰가는 겁니다.
트릭 맞히기를 좋아하는 독자라면 매우 환영할 특징이죠.

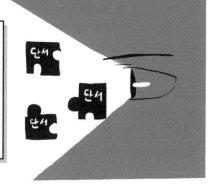

참고로 저는, 어차피 잘 못 맞히고 너무 머리 아프기 때문에 홈스처럼 다 말해줬으면 좋겠는데….

뭐 이건 취향 따라 골라 보시고!

앞에 나온 단점 몇 개가 좀 컸죠? 근데 기억하셔야 하는 게, 저도 저 단점들이 싫습니다.

그런데도 너무 재밌어서 이 시리즈 대표작을 거의 다 봤어요. 더욱이 이걸 보시는 분이 추리물 애독자라면 정말 즐기면서 읽으시리라 확신합니다.

까는 거야, 추천하는 거야···?

옙. 주요 특징은
이 정도입니다.

앞에서 작품을 본 경위를
간단히 말씀드렸는데,
그걸 기반으로 추천 좀
하면서 마치겠습니다.

만약 앞서 말한 클리셰가 좋은
의미로 총집합한 '대표작'을 맛
보고 싶다면 『옥문도』와 『이누
가미 일족』을 추천합니다.

폐쇄적 봉건 사회, 고립된 마을의
참모습을 볼 수 있습니다.
결말 역시 어느 정도의 희망을 남
기기 때문에 뒷마무리가 깔끔합
니다. 정말 시리즈의 정석 같은 작
품들이니 설명은 생략합니다.

근데 저는 둘 중에 『옥문도』가
좀 더 좋았는데요. 이유는 섬의 분위기
묘사가 매우 실감 났기 때문입니다.

읽다 보면 바위섬이 보일 듯하고,
바닷바람이 제 얼굴을
때릴 것 같습니다.

만약 긴다이치의 첫 등장과 그의 파릇파릇한 시절이 보고 싶다면,

당연히『혼진 살인사건』부터 봐야겠죠?

근데 저는 이 작품에 높은 점수를 주고 싶지는 않습니다. 분량이 적기 때문에 아예 장편인 다른 작품보다 임팩트가 약하고, 결말도 그리 드라마틱하지는 않습니다. 다만 긴다이치가 탐정이 된 경위와 그의 뒷사정이 자세히 나와요. 캐릭터로서 주인공이 궁금하다면 꼭 봐야 할 작품입니다.

20대 초반에 홀쩍 미국으로 떠버림

약쟁이였음

후원받아 탐정 사무소 차림

재미 일본인 사이에서 사건 해결

더불어 젊어서 그런지, 이후 작품보다 리액션이 비교적 크고 발랄합니다.
저는 대표작들 다 보고 이걸 봤기 때문에 긴다이치가 아하하 하고 웃어대는 게 적응이 안 됐어요. 아무튼 되게 풋풋합니다.

Hahaha

이랬던 애가 나중엔 그리 덤덤해지는 겨?

만약 이 시리즈의 클리셰에 질려서 좀 벗어난 걸 보고 싶다면,

『팔묘촌』을 보시길 바랍니다.

이 작품은 화자가 1인칭인 데다 긴다이치가 아닌 또 다른 당사자 시점입니다. 그래서 타인의 시각에서 탐정 긴다이치가 어떻게 보이는지 알 수 있죠.
또한 용의자의 시점이니 사건을 더욱 실감 나게 바라볼 수 있습니다. 탐정 시점보다는 이쪽이 훨씬 당사자성이 강하니까요.

고향 마을에 이상한 살인 사건이 일어났어.

근데 저 별 볼 일 없는 탐정은 누구지?

『팔묘촌』의 특이한 점은 실제 사건을 모티브로 했다는 것입니다. 이 이야기에는 어떤 사람이 마을의 주민 상당수를 하룻밤 동안 학살하고 다닌 사건이 나옵니다. 실제로 이와 유사한 연쇄 살인 사건이 있었습니다. 바로 '쓰야마 사건'이죠.

소설보다 현실이 더하죠? 처음 보고서 이거 딱 긴다이치 느낌이다 싶었는데 아니나 다를까….

쓰야마 사건(津山事件):
1938년에 일본 오카야마현 쓰야마시에서 일어난 전대미문의 살인 사건. 범인은 약 2시간 동안 총 30명을 살해하고 자살했다. 범인인 도이 무쓰오는 불과 만 21세였다. 당시 일본에 요바이 문화가 남아 있었기에 범인은 이웃집의 구조를 잘 알고 있었다. 이 점이 범행에 유리하게 작용했다.

경위는 실제 사건과 다르지만요. 『팔묘촌』은 그걸 모티브로 풍부한 드라마성을 추가했습니다. 결말 또한 '긴다이치 시리즈' 대표작 통틀어 가장 행복합니다.

그동안 우울한 일도 고난도 많았지만, 우린 결국 다 극복하고 행복해졌지!

제 경우는 그랬습니다. 거의 밤을 새워서 읽고 결말을 보는 순간, 그간의 부조리를 싹 씻어낼 정도로 유쾌해졌습니다. 많은 사람이 최고의 명작으로 칭하는 이유가 있습니다.

만약, 웬만한 대표작을 다 봐서 식상해졌다, 그리고 긴다이치의 마지막을 보고 싶다면,

뭐 그때는 『병원 고개의 목매달아 죽은 이의 집』으로 가야죠. 제목 길죠? 저도 쓸 때마다 헷갈려서 힘들어요.

이 작품은 완결작이라는 것도 있지만,
더 중요한 의미가 있습니다.
'긴다이치 시리즈'의 클리셰를 거의 다
벗어나는 데다, 무려 20년이 걸려서야
해결되는 사건입니다. 그래서 책도 두
권이고요.

여기선 폐쇄적인 마을도 봉건적인 가
문도 나오지 않습니다.
아, 가문이 나오긴 하는데요. 봉건적
지주 가문이 아니라 병원 재벌입니다.
이것부터 현대적이죠.

게다가 주요 인물들은 재즈 밴드 단원
이고, 클럽이나 볼링장 등의 현대적 장
소가 연속으로 나옵니다. 인물들도 전
부 도시 사람이어서 고립된 주민들 같
은 면모는 보이지 않습니다.

그래서 이전 시리즈들과 달리
'폐쇄감'이 거의 느껴지지 않습니다.

중반부부터는 일본식 미스터리물이 아니라 미국 하드보일드 소설을 보는 느낌입니다.
20년의 세월을 건너뛰기 때문에 상당히 규모가 큰 수사물 미드를 보는 기분입니다.

＋인물들도 세월이 지나며 성장하고 늙어가며 새로 태어납니다.

결말 또한 오랜 사건의 결말이면서 긴다이치 본인의 결말이기도 합니다. 그렇기 때문에 굉장히 비장하고, 드라마틱합니다.
그래서 개인적으로는 『팔묘촌』과 더불어 이 작품에 최고점을 주고 싶습니다. 좀 전개가 늘어진다는 평가도 있는데요. 실제로 읽어보니 그런 느낌은 들지 않았습니다.

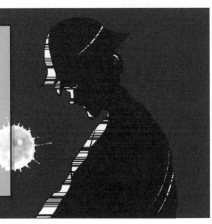

하나 걸리는 건…
이 작품 자체가 하도 이질적이어서 '긴다이치 시리즈' 최고의 작품으로 꼽으면 안 될 것 같다는 거예요.

웬만하면 이건 마지막에 보시길 바랍니다. 읽으면서 엄청난 위화감을 느꼈습니다.

『악마의 공놀이 노래』는
굳이 분류하자면 정석적인 작품에
속하는데요. 더 유명한『옥문도』나
『이누가미 일족』보다 개연성이
좀 부족하고, 여러모로 애매한
포지션이라 느꼈습니다.

읽어보실지는
알아서 결정하세요.

이것만 너무
대충대충
말하는 거 아니오?

아니, 저는 진짜로
그저 그랬어요. 물론
이것도 재미는 있는데
다른 작품들이 너무
톡톡 튀는 수작이에요.

여기까지 지면을 꽤 많이 써가며
일본 탐정물의 고전을 소개해봤
습니다.
'긴다이치 시리즈'는 장점도 단점
도 확실하고, 입지는 더더욱 확실
합니다. 비록 그 내용은 봉건적일
지 몰라도 문학적인 가치는 부정
할 수 없습니다.

이 기회에 김전일의
할아버지에 대해 조금이나마
더 알려지면 좋겠습니다.

Behind Story

'긴다이치 코스케 시리즈'는 서사의 힘이 얼마나 중요한지를 알려주는 사례입니다. 작품 속 배경은 폐쇄적이고, 인물들은 비인간적이며, 주인공의 사상 또한 현대적 윤리관과 한참 동떨어져 있습니다. 하지만 그럼에도 불구하고 작품을 읽다 보면 이 시리즈에 매력을 느끼게 됩니다. 재밌거든요. 재밌는 서사는 이렇게나 중요한 겁니다.

『악마의 공놀이 노래』와 『옥문도』는 웹 연재 시절 각각 단독으로 리뷰한 적이 있습니다. 시리즈에 빠지기 전이라 시선이 삐딱하기도 했고 스포일러까지 전부 넣어버렸죠. 추리물을 리뷰하며 스포일러를 다 그려버리다니, 다시 생각해도 못 할 짓이었습니다.

이제 책 안 봐도 되겠다···.

의외로 긴다이치 코스케는 '김전일' 시즌 2에서 모습을 보입니다. 얼굴이 직접 드러나진 않지만 어린 김전일에게 장난감 사주는 모습이 나왔죠. 이미 정식으로 허락도 받았겠다, 당당하게 등장하는 듯합니다. 소설을 본 입장에서는 그 괴리감에 웃음을 참을 수가 없습니다.

이왕 이렇게 된 거 추측해봅시다. 긴다이치는 어느 시점에 자식을 만든 걸까요? 첫째, 젊은 시절 미국에서 마약을 하다가. 둘째, 옥문도에서 독자도 모르는 사이에. 셋째, 마지막 권의 20년이 지나는 사이에.

Chapter 7

O. Henry

깊고 발랄한 휴머니즘

오 헨리의 단편들

이번엔 너무도 유명한 작가입니다.
아무리 책을 읽지 않는 사람이라도
어릴 때 「마지막 잎새」는 들어봤을 테고.

거기서 조금 더 읽었다면
「경찰과 송가」,
「동방박사의 선물」도 알 것입니다.

「동방박사의 선물」은
'크리스마스 선물'이라는 제목으로도
많이 알려져 있죠.

거기서 더 나간다면 「20년 후」와 「붉은 추장의 몸값」도 상당히 유명합니다.

유괴범이 오히려 돈을 주고 애를 돌려준대. 얼ㅋ

예. 다 같은 작가 작품입니다. 단편 소설의 대가. 반전물의 대가. 그리고…

고전 문학은 재미없다는 편견을 당당히 깨부순 작가! 이번 주인공은 오 헨리입니다.

본명은 윌리엄 시드니 포터! 미국 작가예요.

앞에서 말한 단편들은 제가 어릴 때 읽고 자란 작품들이기도 합니다. 전집이건 동화책이건 교과서건 논술 학습서건 가리지 않고 수록되어 있었죠. 덕분에 오 헨리는 고전 문학 작가 중에서도 독보적인 인지도를 자랑합니다.

여담인데, 소설하곤 다르게 뭔가 인상이 더럽지 않나요?

소설만 보면 되게 푸근하게 생겼을 것 같은데.

이미 죽었다고 막말하는 거 보소.

근데 왜 하고많은 작가 중에서도 유독 이 양반이 이렇게나 사랑받을까요?

오 헨리 작품 재밌긴 하지만… 이건 뭐 어린이 대상 책마다 다 끼워져 있네.

← 11살

핵심 이유는 이미 제가 말했습니다. 현대인이 봐도 정말 재밌거든요. 게다가 항상 적절한 교훈이 들어 있고요. 현대문학에서 펴낸 엄청난 단편집을 보고서 조금은 더 섬세한 분석을 할 수 있게 되었습니다.

저는 앞에서 말한 대표작들을 읽으며 자랐습니다. 그래서 굳이 다시 독서를 할 필요가 있나 싶었습니다. 예의상 도서관에 오긴 했지만 적당히 읽고 리뷰를 남길 생각이었죠.

다 공짜다. 하핫.
어디, 한 300페이지
되려나….

그런데 책장에서 찾은 오 헨리 단편집은 너무나도 두꺼웠습니다.

이 양반 장편도 썼던가?
왜 650페이지야?
이렇게 두꺼운 이유가 뭐지?
대표작은 다 본 줄 알았는데?
글을 이렇게나 많이 썼었어?

순간, 미지에 대한 공포가 피어 났습니다. 제가 읽은 단편들을 합쳐봤자 100페이지도 안 될 겁니다. 극히 일부만 보고 아는 척했던 거였어요. 제가 얼마나 오 헨리를 몰랐는지 통감했죠.

이거 대출이요.

옙.

살면서 단편집을 꽤 읽었지만 이렇게나 밀도 높은 단편집은 처음이었습니다. 너무 오버한다고요? 아니, 650페이지 분량에 수록된 단편이 자그마치 56편이라고요!

그것도 일부일 뿐이야. 내 창작력을 얕보지 말라고.

인생 말년의 10년도 안 되는 기간 동안 쓴 단편이 자그마치 280여 편이니까!

이런 사정으로 (그리고 후술하겠지만 다른 이유도 있어서) 이번 리뷰는 줄거리 설명을 최대한 생략합니다.

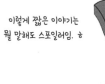

이렇게 짧은 이야기는 뭘 말해도 스포일러잉. ㅎ

철저히 분석 위주로 갑니다. 시작해볼까요!

오 헨리 작품의 주요 특징은 다음과 같습니다.

첫째, 소시민적 일상

작품을 보시면, 19세기에서 20세기 극초반의 미국 서민들 생활을 속속들이 알 수 있습니다.

1865년에 남북 전쟁이 끝나고 제대로 미합중국이 되었죠!

몇몇 예외도 있지만 등장인물 태반이 가난하거나 평범한 사람입니다. 때로는 당장 방세도 못 내고 끼니를 굶습니다. 그렇지 않더라도 어디까지나 '평범하게' 살림을 일구며 살아가죠. 그래서 흡사 클래식한 미국 가족 드라마 느낌도 납니다.

먹고살려면 타자를 쳐야 해.

꿈을 포기하고 농장에서 양을 몰아야 해.

백화점 점원으로 일하면서 남자 만날 거야(?)

오 헨리가 이야기하는 것은 한마디로, 현실입니다. 그는 화려한 장르 문학 작가가 아닙니다. 그저 일상 속 드라마를 맛깔나게 보여줍니다.

Reality

둘째, 따뜻하고 인간적인 줄거리

그러나 이야기는 결코 비참한 내용이 아닙니다.
빈곤한 와중에도 이들은 인간미를 간직하고
힘들지만 행복을 좇으며 살아가죠.

「동방박사의 선물」

> 여보, 우리의
> 선물은 조금 나중에
> 써야겠지?

그렇다고 아예 돈은 행복과 무관하다,
이런 건 아니에요. 오히려 일부 작품은
웃기는 방식으로 돈을 찬양하기도 합
니다. 하지만 결국 오 헨리 작품의 핵
심적인 키워드는 사랑, 그리고 인간적
가치입니다.

> 돈은 좋은 거야!
> 사랑은 더 좋은 거지!

> 아니, 뭐야.
> 내려줘요.

백만장자와의 결혼을 꿈꾸던 여자는
동네 친구와 결혼하고, 밤마다 놀러
나가던 남편은 가족의 소중함을 깨
닫고, 서로에게 선물을 사주려던 부
부는 값비싼 물건을 팔아버리죠.

아이, 평화로워.

뭔 말인진 알겠는데,
너무 지루한 이야기 아니에요?

요는 돈보다 더 소중한
가치가 있다, 이거잖아요?
교과서 같은 얘긴데.

만약
그게 다였다면,

누구보다도
그런 내용을 극혐하는
제가 이렇게
칭찬했을까요?

셋째, 맛깔나고 유머러스한 필력

오 헨리의 필력과 스토리텔링 능력은 경이로운 수준입니다. 너무나 재밌고 감각적이어서 메시지의 진부함 따윈 신경조차 안 쓰게 되죠.

"미국 단편 소설은 1895년 이후 쇠했지만, 단 한 사람의 예외가 있다. 그는 오 헨리다. 그는 호손과 포만큼이나 다른 작가들 위로 우뚝 서 있다."

_제임스 앨런

"내 영문학 고전 서가에는 일곱 명의 작가가 있는데, 오 헨리가 그중 한 명이다."

_에드워드 카넷

"오 헨리는 우리가 흔히 헛소문만 무성히 듣는 진기한 새, 다시 말해 진정한 이야기꾼이다."

_네이션

이건 긴말 필요 없고…
재밌게 읽은 내용 몇 개를
그냥 요약하겠습니다.

「바쁜 주식 중개인의 로맨스」

잠깐 일하다 짬이 나서
프러포즈할게. 나랑 결혼해줘!

어이, 고객한테
5분만 기다려달라고 해!

자기야, 5분 안에 대답해줘.
나랑 결혼할래, 말래?
요즘 정신이 하나도 없다니까.

…우리 어제
결혼하고 식까지
올렸잖아요.
벌써 까먹었어요?

…미안! 내가
이렇게 바쁘다니깐.

무슨 느낌인지
대강 아시겠죠?

「할렘 비극」은 찜찜하긴 한데
진지하게 가정 폭력을 옹호하는
내용은 아닙니다. 안 때리는 남편이
좋은 사람으로 나와요.

물론 19세기 미국이니
여성 인권이 좀 개판이었겠지만요.

아무튼 오 헨리 작품은 대체로 이렇게
유쾌한 분위기입니다. 「마지막 잎새」
를 비롯해 조금 진지한 작품도 있지만
말이죠.

넷째, 아기자기한 묘사

압니다. '가난한 사람들의
행복한 이야기'라는 건
얼마든지 꼬아서
볼 수도 있다는 거.

비참한 생활상을
훈훈하게 덮어버림으로써
현실의 문제점을
무시하는 거 아니냐는
비판도 있을 수 있죠.

근데… 이거 다 읽은 입장에서 실드를 좀 치자면요. 오 헨리는 최소한 외부인 처지에서 피상적으로 서민층을 바라본 건 아니었습니다. 그렇다고 하기엔 일상 묘사가 너무 자세하고 실감 납니다.

뉴욕시 인구 400만 명에겐 전부 저마다의 이야기가 있다고!

묘사가 어쩌나 자세한지 예를 들어볼까요.

저는 타임머신을 타고 과거의 미국으로 날아간 적은 없지만요. 이 책을 읽고 새로이 알게 된 게 많습니다.

교양 수치가 업그레이드됐습니다.

저는 이제 1900년대 미국은 주 단위로 급료를 지급하고, 번듯한 방은 주당 8달러, 가장 허름한 다락방은 주당 2달러의 방세를 받는다는 사실을 압니다.

저는 부자가 아니랍니다. 2달러짜리 방으로 주세요.

세탁방에서 일하는 여성은 주당 10달러에서 18달러의 꽤 고소득을 올리는 반면, 백화점 여점원은 달랑 8달러만 받는다는 사실도 압니다.

돈도 못 버는 백화점 말고 우리 직장으로 와.

그래도 세탁소는 싫은걸.

숙식 제공과 100달러의 봉급이 젊은이 하나를 텍사스 목장으로 보내버릴 만한 조건이라는 것도 알죠.

미국인들이 파티와 춤을 좋아한다는 것도 압니다. 여공과 상인 등 하류 계층도 무도회를 열 만큼요.

정말이지, 읽으면서 그 시대를 산책하는 기분이었습니다. 이 단편집 하나 본 것만으로 시대상을 대강 알 수 있어요.

게다가 배경이 남북 전쟁 끝나고 얼마 안 된 시기거든요. 은근히 재미난 소재가 많습니다.

북부인과 남부인의 갈등이라든지, 아직 남아 있던 〈민스트럴 쇼〉라든지, 미국 문화에 관심 있는 분이라면 정말 즐겁게 읽으실 겁니다.

제가 고전 문학을 좋아하는 이유도 그거예요. 현대인이 아무리 열심히 시대극을 써도 솔직히 고증 오류가 약간은 있지 않겠습니까.

그 책에 나오는 생활상을 100퍼센트 신뢰하며 남에게 말할 수는 없잖아요.

물론 움베르토 에코 같은 괴물은 제외하고. ㅋ

근데 직접 그 시대를 살아간 작가가 쓴 책은 믿을 수 있습니다. 자연스럽게 상식으로 받아들일 수 있죠. 그런 면에서 옛날 책들은 참 매력적이지 않나요? 숨 쉬듯이 말하는 게 전부 역사의 일부라니.

그림이었어!

다섯째, 반전, 반전, 또 반전

마지막 특징입니다. 제일 유명한 「마지막 잎새」도 마지막에 반전이 있었죠? (솔직히 이건 스포일러해도 되겠죠?)

전 대표작들만 반전물인 줄 알았는데 아니었습니다.

그냥 모든 작품에 싹 다 반전이 있습니다! 앞에서 예시로 든 단편들도 그렇잖아요.

아니, 아무리 재밌어도 그렇지. 반전에 미친 귀신이세요?

폼 나게 트위스트 엔딩이라고 해라.

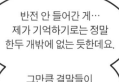

반전 안 들어간 게…
제가 기억하기로는 정말
한두 개밖에 없는 듯한데요.

그만큼 결말들이
다 예상을 뒤집습니다.

이쯤 되면 일상물이 아니라
반전물 전문 작가여.

자, 이번 리뷰에서 왜 제가 줄거리
소개를 못 했는지 아시겠죠?
단편이 죄다 길이도 엄청 짧은데
반전까지 있습니다. 뭘 말해도
스포일러가 된다고요.

어떤 남자랑
여자가
결혼해요….

더 말하면
스포임.

에이, 그래도
조금만 더
말해봐요.

그래서요?

이런 미친.

사실 이것도 오 헨리의 대단한 장점 중 하나입니다.
다양한 작가의 단편집을 읽었지만, 아무리 유명한
작가라도 뭐랄까… 유명하지 않은 단편은 유명하지
않을 만했습니다. 정말로 망상만 끼적이거나 스토
리란 게 없는 경우도 허다했죠.

러브크래프트는
8할이 그런 거고
카프카도 좀 그렇습니다.

「변신」이 유명한 이유는
그게 가장 쉽고
재밌기 때문이에요.

근데 오 헨리 단편집에 실린 56편의 단편들은 버릴 거 없이 다 재밌습니다. 하나하나가 대표작급입니다. 전 이런 작가 처음 봤어요.

와, 뭐 이런 혜자 작가가 다 있냐!

그럴 만한 게 이야기가 다 반전을 내포하니 대부분 기승전결이 확실하거든요. 줄거리가 있어야 반전도 있으니까요.

아니 근데, 이번 리뷰 너무 칭찬만 하시네요. 단점은 없음?

단점?

… 솔직히 없어요.

가독성 좋아,
단편인데도 개연성과
기승전결 확실해, 재밌어,
'일상 반전물+로맨틱 코미디'니
호불호도 안 갈려.
단점을 못 찾겠는데요?

굳이 말하자면 아까 말했듯
가난함을 미화했다고 볼 수도 있지만,
전 그건 비판거리는 아니라고 보고요.

솔직히 어설프게 사회 비판 넣는
것보단 이게 훨씬 좋고요.

어… 너무 가볍고
재미난 이야기라
심오함이
부족하다든지 그런….

그것도 비판할
거리는 아니지만,

심지어 있습니다, 여러분!
이 작가답지 않은
싸하고 심오한 단편들이!

읽으면서 조금 멘붕했지.

「운명의 갈림길」

애인과 싸우고 가출한 청년이 세 개의 길을 각각 택했을 때, 인생이 어떻게 흘러갈지를 그린 작품입니다.

'첫 번째 길' 편에서 그 길로 떠났을 시 어떻게 살았을지를 보여주고 청년이 죽는 시점까지 이어집니다. 그렇게 경우의 수 하나가 끝나면 '두 번째 길' 이야기가 시작되는 형식이죠. 선택지가 있는 게임 북 느낌이랄까요. 굉장히 독특하죠.

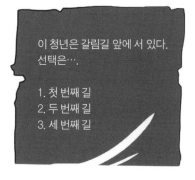

이 청년은 갈림길 앞에 서 있다. 선택은….

1. 첫 번째 길
2. 두 번째 길
3. 세 번째 길

그런데 오 헨리답지 않게 내용이 냉정하다 못해 꿈도 희망도 없습니다. 좀 여러모로 이상한 작품이에요. 이것만 다른 사람이 썼나 싶을 정도로. 아주 재밌긴 합니다. 추천작이에요.

절세 미남이지만 언변이 형편없는 친구. 흉한 추남이지만 말솜씨가 뛰어난 친구. 이 둘의 모험담입니다. 소재가 독특하죠.

보통 이럴 경우 추남이 열폭하는 패턴인데 그렇지 않아서 되게 매력적이었고, 내용도 타 단편과는 다르게 차갑고 냉소적입니다.

난 알지. 사람의 진짜 무기는 세 치 혀에 있다는 걸.

내가 목소리를 낮게 깔고 뇌까리면 누구든 홀릴 수 있어….

이 두 소설은 오 헨리가 맘만 먹으면 어둡고 시니컬한 이야기도 쓸 수 있다는 걸 보여주죠.
(의외로 이게 본심일 수도.)

「20년 후」같은 대표작만 봐도 내가 마냥 밝은 이야기만 쓰는 게 아니란 걸 알 수 있잖아?

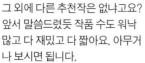

그 외에 다른 추천작은 없냐고요?
앞서 말씀드렸듯 작품 수도 워낙
많고 다 재밌고 다 짧아요. 아무거
나 보시면 됩니다.

하나당
10페이지도
안 된다고!

다만, 분위기 있는 로맨스물을 원하시면
「목장의 보피프 부인」을 추천합니다.
텍사스 목장에서 펼쳐지는 하루하루가
정말 로맨틱하고 아름답게 나옵니다.
길이도 제법 길어요. 그대로 영화로 만들
어도 괜찮을 정도죠.

정리하자면…

내가 미국 문화에 흥미가 있다,
아기자기하고 웃긴 이야기가 좋다,
20세기 극초반의 일상이
궁금하다고 한다면
무조건 읽어봐야 할 작가입니다.

어떤 면에선 그야말로 완성된 작가라 할 수 있습니다. 작품에 군더더기라곤 없고 확실하게 본인 입지를 구축했다는 점에서요. 게다가 압도적인 대중성까지 갖췄죠.

하긴, 일반인에게 도스토옙스키 추천하긴 어려워도 오 헨리는 기꺼이 추천할 수 있지….

사실 우리나라가 미국 문화에 너무나 친숙하다 보니 대중성이 더 강한 것일 수도 있어요. 책 읽으면서 할리우드 가족 드라마를 보는 듯한 기분이 자꾸 들거든요.

뭐지, 이 고향 집 할머니 같은 친숙함은?

너희 할머니는 텍사스 사시냐.

그러니 시간 나실 때 오 헨리 단편집을 펴 들고 근현대 미국으로 여행을 떠나봅시다.

생각보다 훨씬 흥미로운 작가임을 알게 될 테니까요.

아, 이제야 알아보시는군.

Behind Story

오 헨리 단편의 장르는 무엇으로 분류해야 할까요? 굳이 말하면 순문학이겠지만, 휴머니즘 소설이 좀 더 적절하지 않을까 싶습니다. 만인에 대한 애정이 깃들어 있으니까요. 제대로 된 완역본을 읽으면 오 헨리가 얼마나 글을 즐겁고 재치 있고 아름답게 쓰는지 알 수 있습니다.

아무리 흠을 찾아내려 해도 그의 단점은 '장편을 안 썼다'는 것뿐입니다. 최소한 대중적으로 알려진 것들은 단편뿐이지요. 또 다른 단편 전문가인 에드거 앨런 포마저도 『낸터킷의 아서 고든 핌 이야기』를 썼는데 말입니다. 타임머신이 발명되면 당장 오 헨리를 찾아가 장편을 하나 쓰라고 강요하고 싶습니다.

써줘요.

애매한 중편 말고 300페이지쯤 되는 걸루다가.

물론 오 헨리 작품이 너무 밝고 따스해서 심심하다는 분도 계시겠지요. 그런 분께는 모파상 소설을 추천합니다. 오 헨리가 빛이라면 모파상은 어둠이라고도 할 수 있습니다. 둘 다 일상을 이야기하고 결말에 나름의 반전을 내포하지만 결과물은 극과 극입니다. 모파상은 쓴맛과 매운맛 그 자체입니다. 오 헨리의 글이 딱히 따뜻하다고 느끼지 못한 분도 모파상 글을 몇 편 읽는 순간 오 헨리가 얼마나 인간적이고 훈훈했는지 실감할 것입니다.

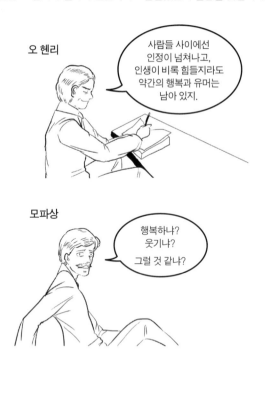

오 헨리

사람들 사이에선 인정이 넘쳐나고, 인생이 비록 힘들지라도 약간의 행복과 유머는 남아 있지.

모파상

행복하냐? 웃기냐? 그럴 것 같냐?

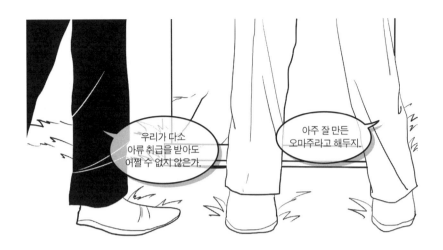

우리가 다소 아류 취급을 받아도 어쩔 수 없지 않은가.

아주 잘 만든 오마주라고 해두지.

왜냐하면, 뒤팽이라는 탐정은…

Chapter 8

Edgar Allan Poe

어두운 안개에 싸인 명탐정

에드거 앨런 포의 '뒤팽 시리즈'

역사상 가장 위대한 작가 중 하나에게서 태어났으니까.

좋은 이야기를 써낸
작가는 많습니다.

하지만 정말로 위대하고
재밌고 흥미진진한 이야기를
써내려면 그 이상이 필요하죠.

그냥 개연성 있게 잘 쓴 이야기와,
엄청나게 벼려진 필력으로 독자를
완전히 빠져들게 하는 이야기는 다릅니다.
후자는 어나더 레벨입니다.

너무나 잘 써놔서
읽는 독자로 하여금 만나지도 않은
작가를 사랑하게 만들죠.

논란 안 생길 만한 예를 찾아보자면,
여타 판타지 작가와 톨킨의 차이 정도?

그래서 저는
에드거 앨런 포를 사랑합니다.
이 리뷰는 그에게 바치는
찬사입니다. 즐겨주세요!

나 가지고 이상한 만화
그리고 그러지 마라.

포가 어떤 작가냐고 물으면
저는 이렇게 대답할 겁니다.

러브크래프트와 코난 도일을
합쳐서 반 나누면 포가 된다고요.

배경지식을 알면 이 말이 어느 정도
맞음을 확인할 수 있습니다. 포의
소설은 우리가 아는 추리물과 호러
물의 원형이나 다름없거든요. 결과
적으로 이 미국 작가는 온갖 문학가
들의 정신적 조상이 됩니다.

포

러브크래프트   코난 도일   너새니얼 호손

스티븐킹   보르헤스

카프카

하지만 굳이 배경지식을
찾아보지 않아도
읽으면 삘이 옵니다.

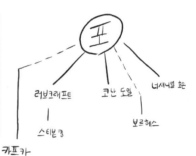

읽는 본인이 셜로키언이거나
크툴루 신화 팬이라면
바로 알아요. ㅎ

이번 편은 포의 장대한 작품 세계 중 추리물만 뚝 떼어 내서 알아보겠습니다. 그러므로 이번 주인공은 포의 손에서 태어난 세계 최초의 탐정, 오귀스트 뒤팽이 되겠습니다.

포 본인은 프랑스에 가본 적도 없으면서 뇌피셜로 만든 이 프랑스인 탐정의 궤적을 천천히 따라가봅시다.

일단 나는 프랑스인인데 말투가 너무 영미권 사람이야.

이건 뭐라고 해야 하나? 유사 프랑스인?

어쩔 수 없잖아. 미국인이 썼으니까!

제가 포의 추리물을 처음 읽은 건 초등학생 때였습니다. 대충 열 살 언저리였죠.

아, 꿀잼. ㅎ

사실 그 나이 때 읽을 만한 내용은 아니었지만요.

그래. 오랑우탄이
사람 목을 면도칼로 잘라버리고
머리털을 몇십 개씩 뽑은 다음
시체를 굴뚝에 처박아버렸구나….

오랑우탄은 무섭구나….

나이로 인한 감상의 한계.

그러고 나서 다시 제대로 읽은 건
성인이 된 후였습니다.

그러고 보니 에드거 앨런 포도
참 추억의 작가인데. ㅎ

다시 한번 읽어볼까?

그렇게 성인의 시선으로 다시 접한 포는,

직사병의 가면극

고자쟁이 심장

어셔가의 몰락

한스 팔의 전대미문의 모험

너무 좋아 죽을 것 같았죠.

와, 이 필력,
이 분위기 어쩔 거야.

영혼이 정화된다!
사랑합니다!

포를 보고 영혼이
정화되는 그쪽도 참.

그 와중에 10년 만에 읽은「모르그가의 살인」. 어릴 때는 오랑우탄만 기억에 남았지만 셜로키언으로 성장한 저는 다른 게 보이기 시작했습니다.

어…?

이하는 그 줄거리 요약입니다.
화자 '나'는 파리에 자리 잡고 살던 도중 오귀스트 뒤팽이라는 사람을 만납니다.

아직 에펠탑이 없어 쿨─린 하구먼.

뒤팽은 괴짜에다 사교성 없는 사람이었습니다. 명문가 출신의 청년이었지만 별다른 직업도 없이 변변찮은 유산으로 살아가고 있었죠.
뒤팽의 유일한 사치는 책이었습니다. 파리에선 어디서나 책을 구할 수 있었습니다(라고 파리 안 가본 작가가 말합니다).

뒤팽과 '나'는 우연히 같은 책을 집다 마주칩니다. 둘 다 취향이 좀 이상해서 금방 친해지고 동거까지 하죠. 그렇다고 홈스와 왓슨 같은 '순한 맛'을 상상하면 곤란합니다.

어차피 돈도 별로 없다면서? 나도 날백수지만 형편은 내가 더 나으니까 자네가 내 집으로 오게! 같이 히키코모리가 되세!

콜!

뒤팽은 어떤 의미로는 홈스보다 더 이상한 사람이고, 일반인에 가까운 왓슨과 달리 '뒤팽 시리즈'의 화자는 대놓고 괴짜거든요.

아니, 그렇다고 자네가 그렇게 당당해질 정도는 아닌….

난 그래도 햇빛은 좋아한다고!!

사회성이 밑바닥인 친구군. 왓슨, 이만 돌아가지.

그래서 뒤팽의 이상한 취향에 바로 동조해줍니다.

난 밝은 대낮이 싫다네.
창문은 다 걸어 잠그고
조명은 촛불 정도만 켜세.

그거 좋지!

외출은 싫다네.
밤에만 가끔
나가도록 하지.

나도 그렇게
하겠네!

우리의 작은 요새에서
책을 읽는 게 나의 낙이라네.
결혼도 안 하고
직업도 안 가질 거야.
지금이 최고야.
완벽해. 멋져.

굳이 또 하나 낙을 찾자면…
경찰이 애먹는 미제 사건을
알아보는 거지. 관심 있잖아?
시치미 떼기는.

뒤팽은 마약을 하지는 않습니다.
그러나 사교성 면에서는 홈스보다
더 극단적이에요.

게다가 아예 햇빛을 멀리합니다.
그래서 「모르그가의 살인」에는
포 특유의 고딕적인 분위기가 깔려요.

하지만 사소한 증거를 가지고 추론하는 건 홈스와 거의 똑같습니다.

맞아, 그 사람은
키가 작아서
그 배역에는
어울리지 않을 걸세.

그러게나 말일세….
잠깐, 내 생각을
읽은 건가?

자네를 관찰하며
논리적으로 분석한 걸세.
자네는 아까 골목에서
어떤 일을 겪었고,
중간에 하늘을 쳐다봤고…

이러이러해서 결국
그 배역 생각에 다다른 거지.

대단해!

코난 도일이 베꼈…

다기보다 참고를 좀
심하게 했구먼.

19세기 중반에 이런 캐릭터를
생각해낸 포가 정말 대단하죠.
괴짜 명탐정 캐릭터를 포 특유
의 무겁고 음산한 필체로 풀어
낸 걸 보면 감탄이 나옵니다.
저는 '뒤팽 시리즈' 통틀어 이
초반부가 가장 좋습니다.

규칙대로 행한다고
자신을 분석가라 생각지 말게.

분석가의 능력은
규칙을 벗어난 상황에서
빛을 발한다네.

사실 '뒤팽 시리즈'라고 해봤자
뒤팽이 등장하는 단편은 「모르
그가의 살인」을 포함해 총 세 편
뿐이지만요.

…

힘내.

나머지 두 개는 「마리 로제 수수께끼」와 「도둑맞은 편지」인데, 둘 다 짧아서 그냥 홈스 단편집 중 일부를 보는 느낌입니다.

「네 사람의 서명」 같은 장편 만들어주세요!

하지만 이 두 편도 작품성 면에서는 꿀리지 않습니다. 「모르그가의 살인」 후반부를 설명하며 같이 말씀드릴게요.

마리 로제
도둑맞은 편지

제목처럼 모르그가에 사는 모녀가 살해당했습니다. 어머니는 머리털이 확 뽑힌 채 목이 잘렸고 온몸이 만신창이, 딸은 강제로 좁은 굴뚝에 쑤셔 넣어진 상태로 죽었죠.

범인 진짜 미친 거 아님??

대체 뭐 원한이 있어야 저렇게 죽이는 거야.;;

방에 있던 돈은 훔치지도 않았고,
창문을 통해 들어오고 나가는 재주…

자네, 아직도 범인이
'사람'이라고 생각하나?

전 지금도 이 추리 과정이
너무 무섭습니다.

범인의 기이한 점을
열거하는 게 진짜 섬뜩해요.
솔직히 「검은 고양이」보다
이 소설이 더 무서웠어요.

예? 범인이 누구냐고요?
앞에서 다 말했잖아요?
설마 나온 지 180년쯤 된 소설
스포한다고 뭐라 할 분은 없겠죠.
하하!

두 번째 작품인 「마리 로제 수수께끼」는 마찬가지로 살인 사건을 추리하는 내용인데요. 구조가 좀 특이합니다.

이번엔 절대로 방 밖으로 나가지 않겠어.

이야기는 마리 로제라는 아가씨가 평범하게 잘 살다가 갑자기 실종되며 시작됩니다. 며칠 후 그녀는 시체가 되어 강에 떠오르죠.

근데 이 정황을 두고 언론과 군중, 경찰이 엄청나게 추측을 해댑니다.

옷이 찢겨 있었으니 아마 동네 건달들이 욕보이고 죽인 걸 테지!

근데 좀 이상한데? 그랬으면 왜 눈에 띄게 시체를 강까지 둘러업고 와서 버렸을까?

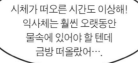
시체가 떠오른 시간도 이상해! 익사체는 훨씬 오랫동안 물속에 있어야 할 텐데 금방 떠올랐어….

마리 로제는 이전에도 며칠 실종되었지만 무사히 돌아왔지.

우리가 모르는 수상한 사정이 있던 걸까? 정말 단순히 건달들이 죽인 걸까?

애초에 저 시신이 마리가 맞긴 해? 너무 부패해서 얼굴은 알아볼 수 없고, 옷이나 액세서리는 비슷한 걸 쓰는 사람도 많잖아.

작품은 3분의 2가량이 무성한 추측으로 채워지고 뒤팽의 추론으로 마무리됩니다. 여기서 뒤팽만의 탄탄한 논리와 분석력이 엿보입니다.

어설픈 추리일세. '왜 눈에 띄게 굳이 강까지 끌고 와서 버렸느냐'고?

이건 살인이 강에서 먼 데서 벌어졌다고 가정할 때 나오는 반응이지.

뒤팽이 등장하는 마지막 작품 「도둑맞은 편지」에선 본격적으로 탐정다운 활동이 나옵니다. 「마리 로제 수수께끼」에서도 고문 역할로 금전적 이득을 얻긴 했지만 여기서 훨씬 활동적이죠.

탐정? 수사 고문?

1840년대에는 그런 거 없수다. 난 남한테 내 직업 소개도 못 해요.

「도둑맞은 편지」는 '셜록 홈스 시리즈'의 「보헤미아 왕국의 스캔들」과 이야기 구조가 매우 흡사합니다. 아이린 애들러 같은 여자는 안 나오지만요!

아이린 느낌 나는 히로인이 나와서 뒤팽이랑 썸 정도는 타야 비슷하다고 할 수 있지 않을까?

포의 소설에서 로맨스라고는 죽은 아내 시체 파내는 것밖에 없어요.

공통점은 의뢰자가 어떤 중요한 물건을 되찾으려고 주인공을 찾아왔다는 점.

국가 기밀급 문서야, 제발.

옛날에 연애했던 여자가 사진을 갖고 있어서….

주인공이 약간의 변장을 하고 현장에 잠입한다는 점. 물건 소지자의 주의를 끌면서 물건 위치를 파악한다는 점.

마지막으로, 임무를 완수하며 모종의 사례를 챙긴다는 점까지.

아쉬운 건 뒤팽을 제외한
등장인물의 이름이 대부분
드러나지 않는다는 겁니다.

왓슨의 조상 격인 화자도
이름이 나오지 않고
나머지도 알파벳으로만 지칭됩니다.
「B사감과 러브레터」처럼요.
최소한 화자만큼은 이름이
있었으면 좋았을 텐데요.

G 국장
D 장관

포의 방대한 작품 세계에서 굳이
이렇게 '뒤팽 편'만 떼어 낸 것은
이 시리즈가 그만큼 의미 있기
때문입니다. 우리에게 익숙한
탐정 캐릭터의 모습과 전통적인
추리물의 시작점이 된 작품을
자세히 소개하고 싶었습니다.

이야, 세계 최초의
탐정이 제대로 된
외모 묘사도 없어서
작가가 대충 지 취향대로
그려놓은 거 실화냐.

포의 나머지 작품들은…
다음 편에서
다루겠습니다!

Behind Story

추리 소설 팬 중에는 독자가 추리할 수 없는 소설은 추리물로 인정하지 않는 이들도 있습니다. 다시 말해 독자에게 단서가 온전히 주어져야만 추리 소설이라는 것이지요. 묘하게도 이 기준대로라면 그들은 최초의 추리 소설, 최초의 탐정을 부정하는 것이 됩니다. 뒤팽은 셜록 홈스의 직계 조상인 만큼, 독자를 기만하는 추리를 선보입니다.

맞히려고 하지 말고
지켜나 보쇼.

포는 생전에 그리 인기가 많지도 않았고, '뒤팽 시리즈'도 세 편밖에 쓰지 않았습니다. 그가 코난 도일만큼 인기를 얻었다면 달라졌을까요? 뒤팽 역시 장편이 나오고 그의 인생을 다루는 수많은 시리즈가 나왔을까요?

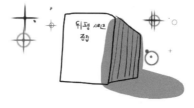

본문에서 소개한 마리 로제 사건은 실화를 바탕으로 한 에피소드입니다. 메리 로저스라는 미국 여성이 사망한 사건을 소설로 재구성한 것이죠. 메리 로저스는 담배 가게 점원이었으며 그녀의 시신은 허드슨 강에 떠올랐습니다.

메리 로저스 사건은 미국 범죄사에 남을 미스터리였습니다. 당시 포가 소설을 통해 내놓은 가설은 대중에게 신빙성 있게 받아들여진 듯합니다.

혹시 본인이
범인인가?

평소에도
이상한 글만 쓰던데.

때로는 죽이고 나서
묻어도 괜찮아.

어떻게 하든 시체를
잘 감춰두는 게 중요해.
내 범죄가 탄로 나지 않도록.

그를 지하실에 묻고, 벽에 묻고,
무덤 아래에 파묻을 거야.

그리고 나는 그 위에서
행복하게 사는 거지!

얼마나 마음이 편할까?
얼마나 후련할까?
얼마나 만족스러울까!

Chapter 9

Edgar Allan Poe

광기와 죽음은 오랜 친구

에드거 앨런 포의 단편들

아마 사람들은 대부분 포를 괴기 소설 작가로 기억할 것 같습니다.

특유의 어둡고 그림자 진 분위기로요.

가장 유명한 단편인 「검은 고양이」의 영향이 아닐까요? 「모르그가의 살인」도 아는 분들은 추리물 작가로 생각할 수 있겠지만요.

실제로 포를 말하려면 공포,
기괴라는 키워드를 빼놓을
수 없긴 합니다. 그걸 부정할
순 없어요.

보세요.
얼굴도 본인 작품같이
생겼잖아요.

그러나
결코 그거로 끝날
작가는 아닙니다.

세상이 좋아져서 국내에는 포의 전집이
몇 개나 나와 있습니다. 가장 유명한 건
시공사 전집이죠. 폼 나는 디자인은 물론
이고 시와 에세이까지 다 포함된, 그야말
로 마니아를 위한 완역집입니다.

그 외에 가성비 좋기로 유명한 코너 스톤 전집도 있습니다. 굉장히 싸고 번역 질도 괜찮습니다. 본인이 그렇게 열정적인 포 덕후가 아니라면 코너스톤 판본도 좋은 선택입니다.

저는 당연히 둘 다 갖고 있습니다! 왜냐면 전 포를 사랑하니까요!

오타쿠!

하여튼, 이 전집은 둘 다 분야별로 분류되어 있는데요. 추리 및 미스터리, 모험, 장편 모험, 환상, 마지막으로 포와는 어울리지 않아 보이는 풍자까지도 아우릅니다.

심지어 재밌게 잘함.
의외로····.

포가 풍자를 했다고?

많이 다양하죠? 하지만 그럼에도 불구하고, 읽다 보면 '그 작가만의 클리셰'가 몇 가지 보입니다. 그걸 간단히 말하며 시작하겠습니다.

물론 다 이렇다는 거 아니에요! 클리셰가 원래 그렇듯 예외도 있습니다.

포의 그 많은 단편을 주저리주저리 리뷰하는 것보다는 이쪽이 더 도움이 되겠죠. 시작해볼까요?

그리고 그렇게 리뷰하려면 다섯 편은 써야 합니다. ㅎ

첫 번째 특징.
소설의 8할은 1인칭 시점

친구 놈이 마음에 안 들었다. 그래서 난…

과장 없이 단편 중에 80퍼센트 이상은 '나는…' 하며 1인칭 시점으로 전개됩니다.

사실 1인칭 아닌 작품이
「절름발이 개구리」, 「적사병의 가면극」,
「한스 팔의 전대미문의 모험」 외에
몇 개밖에 생각이 안 나요.
그 정도로 1인칭을 남발합니다.

그나마도 「한스 팔의
전대미문의 모험」은
중간부터 사실상
1인칭으로 바뀌고요.

읽기 좋기는 한데
화자가 다 비슷비슷해
보인다는 게 문제죠.

근데 괜찮아요.
재밌으니깐. ㅎ

원래 미친놈들은
다 비슷해. 모르냐.

만약 여러분이 1인칭으로 전개되는 포의 단편을 읽는다면
앞으로의 내용은 둘 중 하나입니다.

뒷내용
백퍼 이거예요.

아, 누구세요.
가요, 쫌.

화자가 관찰하는 대상이 미쳤든가,

신경 쇠약이 나를 좀먹고 있어. 나는 그 산에서 기이한 광경을 봤다네.

「래기드 산 이야기」

히히… 내 누이는 죽지 않았어. 날 보는 시선이 느껴져!

「어셔가의 몰락」

이보게! 나는 전투에서 용감히 싸웠고 결국 이런 몸이 되었다네!

「아무것도 남지 않은 남자」

화자 본인이 미쳤든가.

네가 날 따르는 게 거슬려!

「검은 고양이」

「베르니스」

아! 베르니스, 네 하얀 치아를 잊을 수가 없어. 다 내 소유로 만들겠어.

이리 와. 아주 좋은 술이 있어. 누구도 찾을 수 없는 지하 감옥에 말이야. 네 시체도 못 찾을걸?

「아몬티야도 술통」

이 점 때문에 일부 독자는 작가인 포마저도 사이코가 아니었냐고 오해하기도 합니다.

하지만 전집을 다 본 입장에서 그건 아니에요. 로맨티스트이기도 하고 참 재밌는 사람입니다. 물론 취향이 어둡고 괴짜 아싸였던 건 맞지만요.

여하튼, 포의 작품에서 광기는 공기처럼 일상적인 거예요. 이건 이따가 더 자세히 얘기하겠습니다.

Madness

두 번째 특징. 무한한 유럽 사랑

이름이 에드거인데 프랑스인이겠냐 그럼.

사실 저는 포가 미국인인 걸 몇 년 전에야 처음 알았습니다.

당연히 영국이나 프랑스 출신인 줄 알았다가 깜짝 놀랐어요.

게다가 필체도 문제입니다.
보통 미국 소설은 캐주얼하고,
호흡이 빠르면서,
가볍게 통통 튀는 면이 있어요.

간단히 말하자면
영국 소설은 정장,
미국 소설은 청바지 같다고 할까요.
다 그렇다는 게 아니라
그런 경향이 좀 있어요.

날씨 좋은
신대륙으로 오니
한 톤 가벼워졌다!

근데 포의 소설은 정말 영국 소설 같아요.
특히 유명한 단편들이 그렇습니다. 딱딱
하고 음산하고 고딕적이고, 유머라곤 아
주 살짝살짝 나오는 게 전부죠.

그러나 나의 타고난 방탕한 기질은
일상의 소중한 행복마저 앗아 갔으며
그 대가는 내게로 오롯이 되돌아왔다….

보통 미국 소설 하면
떠오르는 인상이 정말 없습니다.
「검은 고양이」, 「황금 벌레」,
「모르그가의 살인」을
떠올려보세요.

그게 어딜 봐서 미국임.;;

하여튼 그렇습니다.
대표작만 봤을 때는 말이죠.

세 번째 특징.
그럼에도 불구하고 미국인

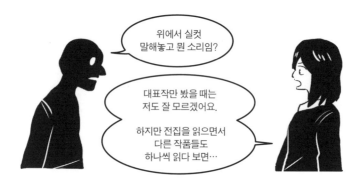

위에서 실컷
말해놓고 뭔 소리임?

대표작만 봤을 때는
저도 잘 모르겠어요.

하지만 전집을 읽으면서
다른 작품들도
하나씩 읽다 보면…

그럼 좀 느껴집니다.
'미국인 맞구나' 하고.

Poe is American

아하. 그러니까 재미없는 비주류 작품까지 봐야 보인다는 거네요.

「안경」,
「낸터킷의 아서 고든 핌 이야기」,
「아무것도 남지 않은 남자」,
「폰 켐펠렌과 그의 발견」,

다 개꿀잼 작품이니까 읽어주세요!

포의 단편들을 자세히 보면 일말의 미국적인 필체, 그리고 미국 역사의 어두운 이면이 보입니다. 가장 먼저 예로 들 수 있는 건 「아무것도 남지 않은 남자」입니다.

정말 완벽하게 잘생긴 존 A.B.C. 스미스 명예 준장을 아시오?

포의 기괴한 블랙 유머가 미국 역사 풍자에 활용되는 단편입니다. 작품에 나오는 스미스 명예 준장은 미국 원주민 토벌 전투에서 활약했습니다. 그 결과, 인간의 신체를 모두 잃고 온몸을 기계로 대체하게 되었죠.

그분은 정말 용감히 싸워서 다리도 잘리고!

눈도 없어지고!

팔도 사라지고!

화자의 입장에서 그 결과가 얼마나 괴이한지 보여줍니다.

준장은 그때 인디언들을 학살하며

피와 살로 된 인간성을 모두 잃은 거야…

「아무것도 남지 않은 남자」는 제가 참 좋아하는 단편입니다. 유럽을 좋아하는 고딕 작가로만 보이던 포가 '미국인'임이 처음으로 실감 났거든요. 사랑하는 작가의 색다른 일면을 알게 된지라 매우 반가웠습니다. 최애 작가가 있는 분은 공감하시겠죠?

근데 이 단편 진짜 재밌는데 왜 덜 알려졌지?

너무 기괴하잖아…

「폰 켐펠렌과 그의 발견」역시 그렇습니다. 폰 켐펠렌이라는 인물이 납을 이용해 순금을 만들어내는 이야기인데요. 여기에 그치지 않고 당시의 캘리포니아 금광 발견 역사와 연관시킵니다.

짧은 단편이지만 미국 역사를 다루는 포의 시선을 알 수 있습니다.

그 발견이 반년만 일찍 이뤄졌더라도 캘리포니아 정착 사업에 엄청난 영향을 미쳤을 텐데….

「안경」은 이렇게 대놓고는 아닌데… 문체 면에서 미국 작가 특유의 가볍고 재밌는 투가 두드러졌기 때문에 넣어봤습니다.

내용 자체도 재밌어요. 포가 썼다고는 믿기 어려울 만큼 웃기고, 해피 엔딩에 반전까지 있습니다. 포가 오 헨리처럼 쓰면 딱 이런 느낌이겠죠.

나는 최근에 거액의 유산을 받게 된 데다 미남이지! 게다가 이상형인 여인도 발견했어!

난 이제 아무런 무리 없이 행복해지겠지?

물론 문체에 미묘하게 그림자가 드리워졌긴 합니다.

이건 뒤에서 자세히 말할게요.

「낸터킷의 아서 고든 핌 이야기」는 포가 유일하게 남긴 장편 소설인데요. 여기서는 모든 것이 검은빛인 섬과 흰색을 두려워하는 원주민이 나옵니다. 미국의 인종 문제를 비유한 것으로 보입니다. 덧붙여 모험 소설이라서 긴박한 내용 위주예요. 「안경」처럼 이것도 기존의 포 작품보다는 조금 분위기가 들떠 있습니다.

The Narrative of Arthur Gordon Pym of Nantucket

조금요. 많이는 아니고요.
내용도 안 밝아요.

명랑한 건 기대하지 마세요.

롱수의 롱수의 롱수가 나옵니다.
코난 도일 소설인 척하는 포 소설이에요.

어쩌다 작품 이야기도 많이 해버
렸는데요. 포는 실제로 많은 사람
이 영국 작가로 착각하죠. 그 정
도로 지역색이 약한 작가입니다.

음… 그게 말이지….

포 같은 작가도 있고,
역시 영국은 문화 강국이야!

하지만 그런 작가마저
자기 조국을 숨길 수는 없나 봅니다.
전집의 내용이 그 증거입니다.

포는 미국인입니다, 여러분!

이제 특징이 두 가지 남았네요.
이 두 개가 가장 중점적이고
포를 잘 나타내는 특징이라 생각합니다.
그리고 가장 많은 분이
공감하실 거고요.

네 번째 특징.
죽음에 대한 집착

죽음을 소재로 한 작품이 대단히
많습니다. 단순히 살인 사건 이야
기뿐 아니라, 죽음 자체에 집착하
는 게 많아요.

생매장을 주제로 한 작품도 있고,

서서히 다가오는 살인 기구를
다루는 내용도 있고,

내게 강직증이 왔을 때
죽은 거로 착각하고
지인들이 날
생매장하면 어떡하지?

진자가 더 내려오면
내 살을 파고들 거야.
그리고 나는 고통스럽게
죽어가겠지….

「생매장」

「구덩이와 추」

불치의 전염병을 두려워하는 내용이나,

적사병에 걸리면 몇 시간 안에 사망하지. 몸에 붉은 반점이 생기면서….

「적사병의 가면극」

이미 죽은 타인에게 집착하는 내용,

라이지아는 이상적인 여자였어. 난 지금 아내보다 죽은 그녀를 더 사랑해.

「라이지아」

죽어가는 사람에게 최면을 거는 내용,

내 친구 발데마르, 죽어가는 자네에게 최면을 걸었네. 과연 자네는 죽고 나서도 그 최면 속에 있을까…?

「M. 발데마르 사건의 진실」

죽음의 공포를 겪고 순식간에 늙어 버리는 내용 등.

내가 백발이 성성한 노인으로 보이나? 사실 난 자네 또래야.

「소용돌이 속으로의 하강」

엄청 많죠? 당장 떠오르는 것만 말해도 이렇습니다.

포는 항상 죽음을 생각하는 사람이었나 봅니다. 어떤 식으로든 죽음이 작품에 등장하더라고요.

특히 생매장은 본인이 당해봤나 싶을 정도로 자주 나옵니다.

다만 이런 소재가 포만의 특징은 아니고요. 19세기 초중반에 영미권에서는 고딕 문학 열풍이 일었습니다. 포 역시 대중성을 위해 이런 소재 위주로 쓴 것도 있어요.

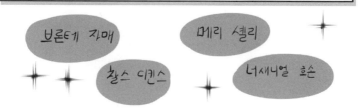

하지만 이렇게 대부분 작품에서 죽음의 그림자가 능수능란하게 드리워지는 건 정말로 포 본인이 죽음을 주시하며 살았기 때문이라 생각합니다.

내 몸 위에 흙이 뿌려지고 나는 숨이 막히며 죽어가는 거야…

다섯 번째 특징.
크든 작든 어둠이 함께한다

마지막 특징입니다!

포의 가장 중요한 특징인데, 가장 말로 설명하기 어려운 특징이기도 합니다.

그는 아무리 밝은 내용이라도 그 뒤에 검고 스멀거리는 안개를 깔아둡니다.

친구와 보물찾기를 하는 내용이라도 그 과정에서 한 번쯤은 광기 어린 희번덕거림을 보입니다. 단지 시력이 안 좋아서 무언가를 잘못 보고 속았을 뿐인데 그 과정에서 기겁을 하며 미쳐버리려고 합니다.

설령 가벼운 풍자극이라도 그 웃음에는 신랄하고 매서운 블랙 코미디가 섞여 있습니다.

밝고 상쾌한 모험극 같은 장면이었다가도 다음 장면에서는 가장 참혹한 비극으로 변합니다.

항해는 남자의 로망이지. ㅋ

이제부터 모험이 시작되는 거야!

포의 작품에서 순수하게 밝기만 한 내용은 하나도 없다 해도 과언이 아닙니다. 그가 만든 주인공들은 밝은 미소 대신 퀭하고 깊은 눈과 불안한 표정을 지닙니다.

그리고 이 점은 포의 팬들이 좋아 죽는 주된 요소이기도 하죠. 러브크래프트는 아예 「낸터킷의 아서 고든 핌 이야기」에 나오는 특정 어구를 그대로 차용하기도 했습니다.

특징을 자세히 설명하다 보니 길어졌네요. 간단히 추천작을 말하며 마치겠습니다.

포의 특징이 전면으로 드러나는 괴기 소설을 원하신다면 「검은 고양이」와 「고자쟁이 심장」을 추천합니다. 둘 다 화자가 미쳐가는 이야기인데 심리 묘사가 탁월하고 소름 돋습니다.

포의 열기구 사랑이 드러나는 SF 소설을 원하신다면,

누가 그런 구체적인 걸 원함?

「한스 팔의 전대미문의 모험」을 추천합니다. 기구를 타고 달까지 여행하는 이야기인데요. 이런 황당한 줄거리에 핍진성을 엄청 착실하게 챙긴 명작입니다. 심지어 월인까지 등장해요!

19세기 초반에는 달에 사람이 산다고 생각했나 봅니다.

기괴하고 광기 어린 분위기를 제대로 느끼고 싶으시다면 「타르 박사와 페더 교수 요법」을 추천합니다. 정신 병원을 주제로 한 기묘한 이야기입니다. 조금은 유쾌하면서도 결말부의 반전이 기가 막힙니다.

포가 쓴 풍자극이 도저히 상상이 안 되신다면 「작가 싱엄 밥 씨의 일생」을 추천합니다. 편집자이자 작가로 일했던 포의 경험이 확 묻어 나오는 풍자 단편입니다. 매우 골 때리고 재밌습니다.

하하하! 출판계의 관행 생각하면 당연한 거죠. 암!

포가 쓴 유일한 장편인 「낸터킷의 아서 고든 핌 이야기」 또한 모험 소설을 좋아한다면 놓쳐서는 안 될 명작입니다.

다만 이 소설은 포의 소설 중에서도 손꼽히게 어두운 이야기로, 러브크래프트가 가장 강하게 영향을 받은 작품입니다. 모험보다는 비참한 시련에 가까울 정도로 어두워요. 이 점 감안하시기를 바랍니다.

교훈 1. 집 나가면 고생이다.
교훈 2. 부모님 말씀을 잘 듣자.

그러나 뭐니 뭐니 해도 제가 최고로 꼽고 싶은 작품은 「적사병의 가면극」입니다.

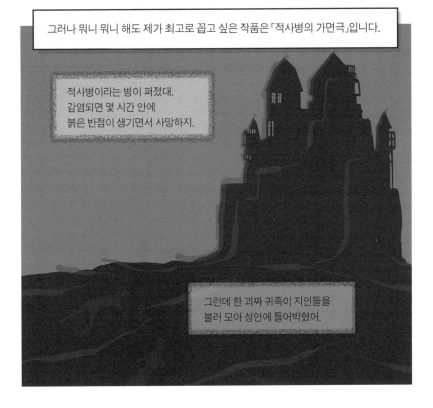

적사병이라는 병이 퍼졌대.
감염되면 몇 시간 안에
붉은 반점이 생기면서 사망하지.

그런데 한 괴짜 귀족이 지인들을
불러 모아 성안에 틀어박혔어.

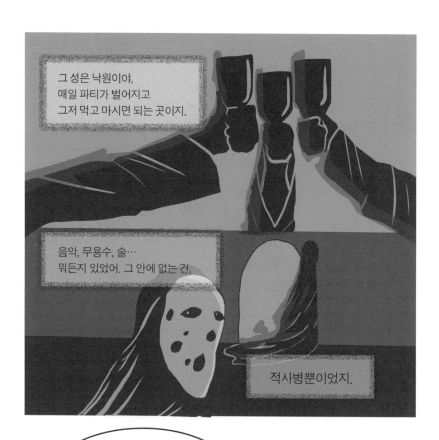

그 성은 낙원이야.
매일 파티가 벌어지고
그저 먹고 마시면 되는 곳이지.

음악, 무용수, 술…
뭐든지 있었어. 그 안에 없는 건,

적사병뿐이었지.

이 분위기는 직접 읽으셔야
알 수 있습니다. 포의 분위기 구성 능력이
정말 빛을 발하는 작품이에요.

또한 「페스트 왕」과 더불어
전염병을 소재로 삼은 단편이기도 합니다.
사실 전염병이라는 소재가
공포 분위기를 조성하기에도 좋고,
고딕적인 장르와 잘 맞아떨어지죠.
코로나가 유행했으니 이 작품이
좀 더 유명해질지도?

이런 작품들을 남긴 포는 지금이야
그 훌륭함을 인정받지만…

살아생전에는 부유하지도 못했고
어린 아내가 요절해서 방황하기도
했으며 항상 무언가 불안정한 상태
였습니다.

그는 최후마저 길거리에 쓰러져
죽습니다. 아무도 사인을 모른
채 기이한 죽음을 맞았죠. 본인
의 작품처럼요.

그렇게 살다 간 사람이 영미, 유럽 문학의
거대한 뿌리가 되었습니다.

여기까지 포의 오랜 팬으로서 리뷰 겸 소개를 했습니다.

저는 다양한 작가를 사랑하지만 그중 한 명을 고르라면 무조건 포를 고를 것입니다. 너무나 의미 깊고 재밌는 작가니까요.

이미 강조했듯 에드거 앨런 포는 서양 장르 문학의 선구자입니다. 그렇기 때문에 이 작가를 시작으로 다양한 작품에 입문하기도 좋죠.

이 리뷰를 통해 포의 다양한 일면을 기억해주셨으면 좋겠습니다.

Behind Story

책을 꽂을 때는 그 높이도 중요하다고 생각합니다. 포의 전집은 항상 제 눈과 같은 높이에 꽂혀 있습니다. 가장 가깝고 자주 볼 수 있는 곳이지요. 그가 인류에게 남긴 환상, 그림자, 안개를 되도록 가까이에서 느끼고 싶기 때문입니다.

저는 예전에 웹 연재로 포의 작품을 리뷰한 적이 있습니다만, 특정 대표작에 치우쳐 있었습니다. 퀄리티 또한 형편없었죠. 팬으로서 양심에 너무 찔렸기 때문에 이번 기회에 전부 재독하고 다시 그렸습니다. 책을 다시 읽으며 제가 그동안 포에 대해 소름 끼칠 정도로 몰랐구나 싶었고, 그나마 이제 체면은 차리겠구나 싶었습니다.

포 님의 진가를 못 알아본 당시 미국인들은 얼마나 멍청한 건지!

아 쫌.

일본 작가 에도가와 란포는 에드거 앨런 포의 이름을 변형하여 필명을 만들었습니다. 그런데 란포의 작품을 읽어보니 의외로 포와 그리 닮지 않았습니다. 포는 작품 주제가 죽음과 연관되기는 해도 내용은 깔끔한데, 란포는 매우 그로테스크하고 끈적거리는 느낌이었습니다.

란포 소설을 보고 멘털 나가서 며칠간 정신을 못 차렸던 기억이 나네요. 모두의 행복을 위해 제목은 말하지 않겠습니다.

포와 비슷한 느낌의 일문학 작가를 찾으신다면 란포보다는 아쿠타가와 류노스케를 추천합니다. 대표작인 「지옥변」을 비롯하여 매우 재밌는 작품이 많습니다. 환상과 괴기, 약간의 훈훈함이 뒤섞여 있다고 할까요. 일부 작품은 포와 카프카를 적절히 섞은 듯한 느낌도 듭니다.

Chapter 10

Howard Phillips Lovecraft
극복 불가능한 공포
러브크래프트 전집

코즈믹 호러란, 인간이 감히 대적할 수 없는 것에 대한 공포를 말합니다. 개미가 인간에게 느끼는 감각 혹은 인간이 몇천 미터짜리 괴물에 대해 느끼는 감각이 바로 그것입니다. 비단 괴물뿐 아니라 거대한 자연에 대해서도 이러한 공포를 느낄 수 있죠.

수많은 문학에서 인간은 당당한 주체이자 위대한 용사로 그려집니다. 하지만 코즈믹 호러 장르에서 인간은 무력한 벌레와도 같습니다. 괴물을 무찌른다는 건 상상도 할 수 없죠. 인간은 나약한 희생자이며 힘없는 방관자입니다.

딱 봐도 대중적인 장르는 아니죠? 보통은 인간이 거대한 공포를 극복하고 이겨내는 걸 좋아하지, 그것에 한없이 압도당하는 걸 보고 싶어 하진 않으니까요.

하지만 전 세계에는 의외로 두꺼운 코즈믹 호러 팬층이 있습니다. 저도 그 일원이고요.

하워드 필립스 러브크래프트는 바로 이 장르의 창시자 격 작가입니다. 참 자기 장르랑 잘 어울리게 생겼죠?

엌ㅋㅋ 작가 이름에 '러브'가 들어가? 로맨스물임?

ㄴㄴ 읽으면 네 정신과 육체마저 사이가 나빠짐.

러브크래프트는 이 틈새시장을 개척한 작가인 동시에 다른 거장들과 깊게 연관되어 있습니다. 에드거 앨런 포의 정신적 후계자에 가까우며 스티븐 킹이 그의 영향을 많이 받았습니다. 비단 킹뿐만 아니라 오늘날 많은 장르 문학 작가가 러브크래프트의 덕을 보고 있죠.

그는 타고난 몽상가였고, 폐쇄적이며 항상 무언가를 두려워하는 사람이었습니다. 러브크래프트가 공상한 신화를 보통 크툴루 신화라고 부릅니다. 외계의 거대한 신들, 그리고 괴물을 다루는 신화죠. 가장 유명한 신이 크툴루라서 그런지 일반적으로 이 명칭이 통용됩니다.

러브크래프트가 한국에 소개된 건 얼마 되지 않았습니다.

이전에 번역본이 간간이 나오긴 했지만 품질이 조악해서 아는 사람도 없죠.

그러던 중 황금가지에서 총대를 메고 당시로서는 극비주류였던 이 작가의 전집을 냅니다. 무려 여섯 권을요. 미친 거 아닙니까? 대표작은 물론이고 러브크래프트가 청소년 때 쓴 소설이랑 지 망상 끼적인 거, 다른 사람 글 대필해준 것까지 싹 다 넣어놨어요.

힙스러징에 미쳐서 스스로 이성 수치 떨어뜨린 2009년의 한 중딩

이게 오늘 리뷰할 러브크래프트 전집입니다. 당시 중학생이었던 저를 포함해 많은 사람을 코즈믹 호러의 길로 이끌어준 고마운 책입니다.

중간에 미치광이 마케팅을 좀 했었죠.

사실 2020년대 기준으로 러브크래프트는 그렇게까지 마이너한 작가는 아닙니다. 팬인 저도 믿을 수가 없지만 조금씩 메이저로 올라오고 있죠. 아마 〈크툴루의 부름(CoC)〉 TRPG가 유행하고 서브컬처나 장르 문학의 위상이 오르면서 이렇게 된 게 아닐까 싶습니다.

아니, 러브크래프트가 한국에서 양지로 올라온다니요?

저는 이 현실을 못 믿겠는데요? 다들 미친 건가요?

하지만 그냥 이름이랑
크툴루 신화 캐릭터 정도만
유명해진 거고,

아마도 저 전집을
다 챙겨 본 사람은 드물 겁니다.

이번 리뷰에선 러브크래프트의
작품 특징과 유명한 단편 몇 가지를
소개하는 식으로 가겠습니다.

이미 팬이라면 공감하며 즐기시고,
아니라면 이런 세계가 있구나
하고 봐주시면 됩니다.

특징 1.
난해하고 생경한 문체

사실 황금가지 버전이 번역이 잘된 편은
아닙니다. 문장도 꽤 딱딱하고 주석이
죄다 뒤에 몰려 있는 데다 우리말로 바
꿀 수 있는 것도 굳이 영어를 그대로 써
서 어색한 감이 있습니다.

미주 발명한
사람은 지옥에나
떨어져라!

올드 원?
옛것들이라고 해주지.
이게 최선이었나….

그래도 저는 번역가를 도저히 탓할 수가 없습니다.

그래.
이분 아니면 누가
이딴 글을 번역하겠어.

한글로 읽게 해주신
것만으로 감사합니다.

이런 생각이 들 정도로 문장이 길고, 기이하며, 난해합니다.

다시 말해,
문장 지저분한 건
원문도 그래요.
애초에 러브크래프트
자체가 필력이 좀. ㅎㅎ

팬 맞음?

근데 이 필력이 별로라는 게 막 허접
하다는 뜻이 아니고요. 문장의 가독
성이 떨어지고 난해하다고 보는 게
맞을 듯합니다. 포의 영향을 강하게
받았다고 했지만 포의 문체는 러브
크래프트에 비하면 매우 개방적입
니다.

아싸 새끼. ㅎ

그쪽이
할 소리?!

집 밖에 나가서
사람도 만나고
좀 그래라.

친구는
편지 친구가
있어요.

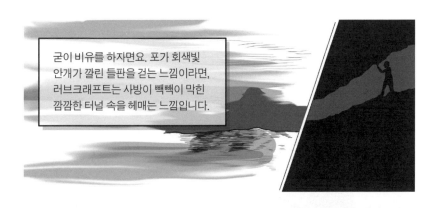

굳이 비유를 하자면요. 포가 회색빛 안개가 깔린 들판을 걷는 느낌이라면, 러브크래프트는 사방이 빽빽이 막힌 깜깜한 터널 속을 헤매는 느낌입니다.

특유의 정신 나간 듯한 만연체가 다른 작가의 작품에선 볼 수 없는 독특한 느낌을 줍니다. 굉장히 폐쇄적이고 음침하며 막연함, 장엄함, 우울감이 느껴지죠. 어찌 보면 작가 본인이 극단적인 아웃사이더라서 가능한 문체입니다.

아! 갇히고 뜯긴 뼈와 휑한 두개골로 가득한 부패의 검은 구덩이여! 영겁의 세월 동안 유골이 되어 악몽의 구더기를 채웠던 피테칸트로포이드, 켈트족, 로마인, 영국인이여! …마이나 마이테르! 마그나 마이테르! 아티스… 처참한 죽음은 너의 것! 운글. 운글… 르르르… 치치치…
「벽 속의 쥐」 중에서(『러브크래프트 전집 1』, H. P. 러브크래프트 지음, 정진영 옮김, 황금가지, 128쪽, 130쪽)

아, 신이여! 대체 어떤 정신적 감응이 있었기에 그 순간 지구 반대편에서 위대한 건축가가 미쳐버리고, 가여운 윌콕스는 열병으로 헛소리를 질러댔다는 것입니까? 위대한 크툴루가 영겁의 잠에서 깨어나 또다시 광희를 향해 날뛰고 있었다….
「크툴루의 부름」 중에서(『러브크래프트 전집 1』, H. P. 러브크래프트 지음, 정진영 옮김, 황금가지, 173쪽)

다시 말해, 잘 쓴다곤 못 하지만 대체 불가능한 필력을 갖고 있단 겁니다.

익숙해지면 전집의 글도 충분히 즐겁게 읽을 수 있습니다.

특징 2.
불명확한 서술

그래.
뭘 봤다고?

도저히 설명할 수 없다…
형언할 수 없는…
형용하기 어려운…
미지의… 우주에서 온…
생경한….

제발 형용 좀 하라고!
뭘 맨날 형용할 수 없대!
넌 형용사가
왜 있다고 생각하냐!

이런 생각,
이 전집을 읽으신 분이라면
다 한 번씩은 하지 않았나요?

러브크래프트가 남긴
격언이 있습니다. "가장 강한
감정은 공포다. 그중에서도
강한 것은 미지에 대한 공포다."

이야 이야.

코즈믹 호러 자체가 인간이 '미지'의 것을 보고 두려워하는 거예요. 그래서인지 러브크래프트 전집에선 확실한 외양 묘사가 거의 없습니다.

OME

팬 아트로 크툴루와 다곤이 많이 나오는 이유는 이 둘이 등장 빈도가 높기도 하지만 그나마 외모 묘사가 되어 있기 때문입니다

다곤(데이곤)
머리는 물고기와 비슷하고 어인(魚人) 같은 외모. 딥 원의 수호자. 인간과 피를 섞을 수 있어서 많은 후손이 존재한다. 인스머스라는 어촌에 다곤의 교회가 있다.
등장 작품: 「데이곤」, 「인스머스의 그림자」

크툴루
문어 같은 머리에 몸은 인간형. 그레이트 올드 원의 수호자. 지구의 바닷속에 자신의 도시와 함께 잠들어 있다. 깨려고 했다가 증기선에 맞아서 다시 자러 간다.
등장 작품: 「크툴루의 부름」

그래도 니알라토텝은 인간으로 변신해서 훤칠한 흑인이 되기도 하지만 이마저도 원래 모습은 거의 묘사가 안 됩니다.

니알라토텝
인간인 척할 때는 얼굴 없는 흑인 파라오의 모습이다. 최고의 신 아자토스의 비서. 일명 기어 다니는 혼돈. 인간을 재밌어하며 가끔 신기한 기계 장치를 만들어주거나 인간 사회에 혼란을 야기한다. 일본식 발음은 '냐루라토호테프'인데 열도에선 얘를 냐루코라는 미소녀로 만들어서 애니메이션을 낸 미친 전적이 있다.
등장 작품: 「니알라토텝」, 「미지의 카다스를 향한 몽환의 추적」

그 외에 외모 묘사가 별로 의미가 없는 애들도 있습니다.

쇼고스
눈과 촉수가 달린 젤리 같은 외모. 노예 해방 운동의 승리자. 남극 지하에서 펭귄들과 함께 살고 있다. 특정한 울음소리를 내는데, 이 발음은 러브크래프트가 포의 유일한 장편 소설 「낸터킷의 아서 고든 핌 이야기」에서 차용한 것이다.
등장 작품: 「광기의 산맥」

요그 소토스
거대한 거품 같은 외모. 우주를 떠도는 아우터 갓의 우두머리. 인간과의 사이에 자식이 둘이나 있다!
등장 작품: 「더니치 호러」

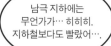

테켈리 -리力

특징 3.
불쌍한 우리의 주인공들

나는 봤어…
거대한 무언가가…
이히히. 여러 개의 껍데기가
열렸다 닫혔다…
이히히.

남극 지하에는
무언가가… 히히히.
지하철보다도 빨랐어….

간신히 도망쳤는데.
아하하하. 이야 이야
크툴루 가나글 파탄!

아무튼 미칩니다. 러브크래프트적 주인공이라고도 하죠. 미지의 것과 연관된 주인공들은 어떻게 도망친다 해도 결말에서 결국 미쳐버리고 맙니다. 안 미친다 해도 주변 사람이 봉변당하는 경우가 많아서 이래저래 PTSD를 겪겠죠.

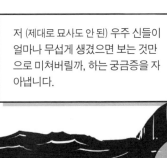

저 (제대로 묘사도 안 된) 우주 신들이 얼마나 무섭게 생겼으면 보는 것만으로 미쳐버릴까, 하는 궁금증을 자아냅니다.

솔직히 내가 증기선에 맞아서 진짜 죽겠냐? 너희가 레고 밟아서 잠깐 아파하는 거랑 같은 거임. ㅇㅋ?

근데 내 얼굴만 보고 또 미쳤네. 아.

침착해라! 증기선만 있으면 무찌를 수… 히힉 크툴루 파탄!

근데 그런 내용치고 수위는 낮습니다. 고어물이 아니라 정신적인 공포가 주제니까요.

잔인한 거 안 나오니 걱정하지 말고 엄마 아빠랑 다 같이 보세요!

사람의 뇌만 꺼내서 명왕성까지 가져가버리고, 물고기 같은 신들이 인간을 범해서 후손을 전부 괴물로 만들고, 가학적인 민족이 사람 고문하고, 시체 능욕하고, 반쯤 녹은 시체가 걸어 다니는데요?

ㅇㅇ 딱 그 정도만 나온다고. 팔다리 안 자르면 됐지 뭐.

…

특징 4.
차별 의식의 결정체

20세기 이전 작가들은
당연히 차별을 인식하지 못하니
보통은 이걸 특징으로
잡진 않습니다.

하지만 굳이 이 부분을
따로 언급하는 이유는…

러브크래프트의 차별 의식이
동시대 기준으로도 상당히 심
하고 또 그게 작품 주제와 근본
적으로 연관되기 때문입니다.
그는 노골적인 인종차별주의자
였고 타 문화, 타 인종에 대해
터무니없는 환상과 공포심을
지니고 있었습니다.

흑인은 정말
소름 끼치도록
열등한 인종이다.

동양인은
눈 째진 원숭이다.

인종끼리 분리해
살아서 우등한 백인의
혈통을 유지하자.

야, 이건 수구 꼴통
수준이 아니잖아!
완전히 나치잖아!

작중에서 흑인과 혼혈인을 인간이
아닌 무언가처럼 묘사하는데요.
이런 것에 예민하지 않은 사람이
보기에도 섬뜩한 수준입니다.

중동에 대해서도 이상한 환상이 있는지라, 작중 단골로 등장하는 사악한 마도서를 만든 건 압둘 알 하즈레드라는 아랍인입니다. 그 외에도 묘한 데서 아랍인이 자꾸 등장합니다.

우리 동네에 무표정한 아랍인이 살아요. 가면 쓴 외계인이라 해도 믿겠어요.

뭐야. 복선임?

아프리카 및 아메리카 원주민은 주로 미신이 주제인 단편에 등장하지요. 같은 백인이어도 근친혼으로 인해 유전적으로 퇴화하거나 정신 장애를 지닌 사람은 매우 기분 나쁘고 기괴하게 묘사됩니다.

그러한 타인에 대해 화자가 느끼는 공통적 감각은 두려움, 기괴함, 공포심입니다.

앞에서 러브크래프트적 주인공은 항상 무언가를 두려워하고, 막연한 공포감의 실체를 보며 미쳐간다고 서술했는데요. 그러한 주인공은 러브크래프트 본인을 닮았습니다.

혐오스러운 에스키모인의 혼혈

비천한 혼혈인

검둥이

그녀의 추한 외모는 흑인 조상의 영향으로….

이성애자 비장애인 백인 남자 빼고는 싹 다 싫어하는 이 사랑 만들기 선생이 코즈믹 호러의 창시자인 이유, 대강 짐작이 가지 않나요?

공포는 이질감에서 나옵니다. 미지의 존재가 가장 큰 공포를 줍니다. 그러한 공포의 원천이 러브크래프트에게는 다른 인종, 다른 문화였을 가능성이 큽니다.

그렇기 때문에 저는 러브크래프트를 좋아합니다. 존경하지는 않을지언정 좋아해요. 정말 흥미롭고 재밌는 작가입니다.

원래 완벽한 인물보다는 모순을 품은 쪽이 더 떡질할 맛이 나는 법.

여기까지 특징을 대강 서술했는데요. 위의 특징들이 딱딱 부합하는 정통 러브크래프트적 단편들은 전집 1, 2권에 몰려 있습니다. 만약 위의 특징에 매력을 느껴 작품을 살짝 맛보고 싶다면 1, 2권을 보시는 게 좋습니다.

3권은 러브크래프트 세계관의 또 다른 세상, 드림랜드의 이야기를 다룹니다. 기이하고 추상적인 환상 세계 이야기죠. 지능이 높은 고양이 군단이나 인간과 닮은 노예 상인 외계인 등이 등장합니다.

그리고 이 광활한 드림랜드를 여행하는 몽상가가 나옵니다. 바로 랜돌프 카터입니다.

그는 우주의 신들을 끝없이 접하면서도 이성을 유지합니다. 여러모로 러브크래프트적 주인공이 아니라 판타지 모험 소설 주인공에 가깝죠. 사실상 3권의 절반 정도는 랜돌프 카터 연대기입니다.

근데 솔직히 지루해서 추천은 못 합니다. 공포극이 아니라 그냥 몽상 이야기이다 보니 되게 심심하고 안 읽힙니다. 순한 맛이긴 한데 안 좋은 의미의 순한 맛이에요.

그 책 재밌어요?

때려치우고 싶을 때쯤 재미가 한 방울씩 나옵니다.

하지만 3권을 패스하라고 하기는 또 좀 그런 게… 여기에 상당히 유명하고 의미 있는 중편이 수록되어 있습니다. 바로 「미지의 카다스를 향한 몽환의 추적」입니다.

The Dream-Quest of Unknown Kadath

랜돌프 카터가 드림랜드를 돌아다니며 다양한 우주 신들을 만나는 모험 소설이죠. 요즘 유행하는 TRPG에 최적화된 스토리이기도 하고 러브크래프트가 쓴 몇 안 되는 본격 모험물이라는 데에 의의가 있습니다.

조금 덜 유명해서 그렇지, 이거 읽은 분들은 게임화에 최적화된 스토리라고 인정하실 거예요.

당신은 수상한 항구 도시에 도착했습니다. 갤리선을 조사하시겠습니까?

갤리선의 수상한 선원에게 납치당했습니다. 이제 외계인들이 사는 달로 갑니다.

고양이 부대가 당신을 무사히 구출하였습니다. 지구로 돌아갑니다.

소설로서는 재밌냐고요?

우주 신들 만나서 위기도 겪고
니알라토텝도 만나고
아자토스도 만나고
고양이 군단도 만나고 그러는데
재미가 없을 리가요. 하핫.

…진짜 왜 재미없지?

어떻게 저런 내용이
재미없을 수가 있지?

또 몰라요. 여러분이 보면
재밌을 수도 있어요.

왜냐면 저런 내용이
재미없다는 게
말이 안 되잖아요.

진짜 러브크래프트의
필력은 레전드다.

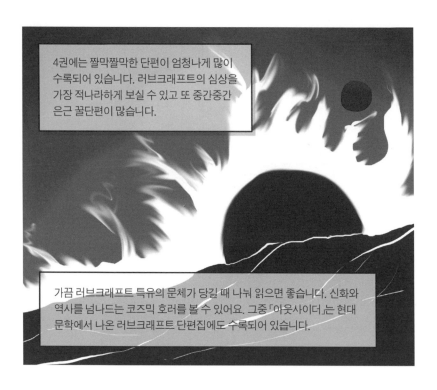

4권에는 짤막짤막한 단편이 엄청나게 많이 수록되어 있습니다. 러브크래프트의 심상을 가장 적나라하게 보실 수 있고 또 중간중간 은근 꿀단편이 많습니다.

가끔 러브크래프트 특유의 문체가 당길 때 나눠 읽으면 좋습니다. 신화와 역사를 넘나드는 코즈믹 호러를 볼 수 있어요. 그중 「아웃사이더」는 현대 문학에서 나온 러브크래프트 단편집에도 수록되어 있습니다.

클라크 애슈턴 스미스

아돌프 드카스트로

로드 던세이니

5권과 6권에는 러브크래프트가 생계를 위해 대필한 작품, 그리고 그가 생전에 교류하고 영향을 받은 작가들의 단편이 실려 있습니다.

아서 매컨

R. H. 발로

헤이즐 힐드

로버트 W. 체임버스

어빈 코브

질리아 비숍

아무튼 5권과 6권에는 러브크래프트 본인이 대필한 재미난 단편들도 있지만, 다른 저자가 쓴 위어드 픽션도 많습니다.

국내에 덜 알려진 서구권 괴기 소설 작가들의 작품이 맛보기로 가득 들어 있습니다.

자연재해 자체를 코즈믹 호러와 접목

<어쌔신 크리드>풍의 시대극

유령 퇴치자의 활약상

이야, 작가들 이름 하나도 모르겠다!

난 몇 명은 알겠음. ㅎ

그건 네가 오타쿠라.

그래서 뭘 봐야 됨? 설마 모든 편 다 봐야 됨?

이제 말할게!

만약 '호기심은 생긴다! 근데 지루한 설정의 글은 못 읽겠고, 서사가 뚜렷한 대표작 하나만 보겠다!' 하는 분들은 「인스머스의 그림자」를 읽어보세요. 다곤을 섬기는 쇠락한 어촌을 배경으로 한 명작입니다. 서사가 매우 탄탄하고 결말의 반전이 일품입니다.

The Shadow over Innsmouth

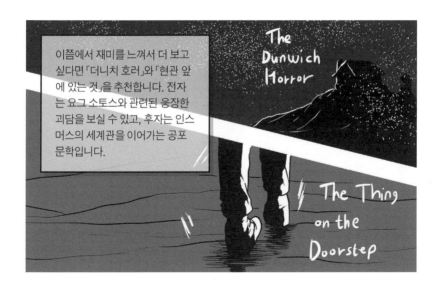

이쯤에서 재미를 느껴서 더 보고 싶다면 「더니치 호러」와 「현관 앞에 있는 것」을 추천합니다. 전자는 요그 소토스와 관련된 웅장한 괴담을 보실 수 있고, 후자는 인스머스의 세계관을 이어가는 공포 문학입니다.

The Dunwich Horror

The Thing on the Doorstep

Herbert West - Reanimator

여기까지 왔는데 '매번 신 나오고 미치는 거 지겹다! 좀 더 정석적인 공포물 없냐'고 하는 분… 혹시 좀비 좋아하시나요? 「허버트 웨스트: 리애니메이터」라는 개꿀잼 매드 사이언티스트 시리즈를 추천합니다. 〈좀비오〉라는 제목으로 영화화도 됐습니다.

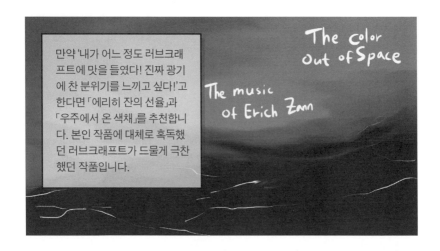

만약 '내가 어느 정도 러브크래프트에 맛을 들였다! 진짜 광기에 찬 분위기를 느끼고 싶다!'고 한다면 「에리히 잔의 선율」과 「우주에서 온 색채」를 추천합니다. 본인 작품에 대체로 혹독했던 러브크래프트가 드물게 극찬했던 작품입니다.

The color Out of Space

The music of Erich Zann

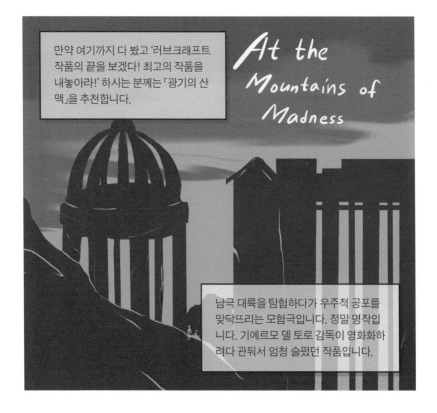

만약 여기까지 다 봤고 '러브크래프트 작품의 끝을 보겠다! 최고의 작품을 내놓아라!' 하시는 분께는 「광기의 산맥」을 추천합니다.

At the Mountains of Madness

남극 대륙을 탐험하다가 우주적 공포를 맞닥뜨리는 모험극입니다. 정말 명작입니다. 기예르모 델 토로 감독이 영화화하려다 관둬서 엄청 슬펐던 작품입니다.

플러스 알파로 「미지의 카다스를 향한 몽환의 추적」. 앞에서 뭐라고 했지만 팬이라면 보긴 해야 합니다. 니알라토텝과 최고 신 아자토스가 전면에 등장하는 사실상 유일한 작품이거든요. 그리고 결말부는 재밌어요.

오우, 그래도 멋있게 나오네?

그리고 이건 대필작이긴 하지만 사실상 러브크래프트의 작품이고 워낙 대작이라 추천합니다. 제목은 「고분」입니다. 스케일로 치면 거의 전집 작품 중 톱 3에 듭니다. 인디언 고분에 얽힌 괴담을 주제로 한 중편입니다.

The Mound

근데 「고분」은 마냥 추천하긴 좀 그런 게… 내용이 상당히 멘털을 깎아먹습니다. 많이 잔인하고 충격적이에요. 앞에서 이 전집의 작품들이 그렇게 수위가 높지 않다고 했는데 「고분」만큼은 예외입니다. 거의 고어물이라 봐도 돼요.

읽고 잤는데 악몽 꿨음(진짜로).

??

러브크래프트와 생전에 교류했던 R. H. 발로의 「모든 바다가 마를 때까지」라는 작품도 좋습니다. 역시 대필작인 데다 이것 같은 경우는 러브크래프트가 결말부만 조금 썼지만 워낙 명작이라 추천합니다.

시간이 지나면서 지구와 태양이 점점 가까워지고 갈증으로 죽어가는 인류를 묘사한 작품입니다. 진정한 코즈믹 호러는 자연 그 자체라는 사실을 절감하게 됩니다.

사실 무섭기로 따지면 이 작품이 가장 섬뜩했습니다.

러브크래프트는 빈말로도 완벽한 작가라고는 할 수 없습니다.

심지어 세계관도 본인은 모호하게 만들고 후대 작가와 팬이 재정립했으니, 필력도 별로인 레이시스트 병신이 어쩌다 틈새시장 개척했다고 볼 수도 있어요.

솔직히 부정은 못 하겠고.

하지만 이건 인정해야 합니다.
이 사람은 정말이지,
대체 불가능한 작가라는 걸요.

어떤 대필가도 이렇게
기괴하고 몽환적이며 폐쇄적인 글을
쓸 수는 없습니다.

누구도 외부의 신을 마주하는
인간의 시선을 이토록 소름 끼치게
표현할 수는 없습니다.

일찍이 사망한 그의 묘지는 고향
프로비던스에 남아 있습니다.

묘비의 문구는
'나는 신의 섭리이다'
라고도 해석됩니다.

Behind Story

'욕해도 내가 한다!' 이게 러브크래프트 팬들의 공통된 생각 아닐까요? 흠이 많지만 그만큼 덕질할 맛이 나는 작가입니다. 문제는 팬들 중에서도 전집을 모두 읽은 사람은 소수라는 것입니다. 꼭 여섯 권을 다 볼 필요는 없지만 대표작 위주로 구성된 1권과 2권은 호러 소설 팬이라면 한 번쯤 읽을 가치가 있습니다.

마음에 드신 분들은 클라크 애슈턴 스미스 단편집이나 아서 매컨 단편집도 읽어보세요!

러브크래프트 전집을 웹에서 리뷰할 당시에는 내용이 전집 전체보다는 일부 대표작에 치우쳐 있었습니다. 따라서 이번 단행본을 위해 전집을 다 읽고 내용을 전부 새로 그리다시피 했습니다. 이 리뷰 만화를 그리며 비로소 진정한 러브크래프티언이 되었다 할 수 있겠습니다.

러브크래프트의 소설에서 소소하게 특기할 점은 여자 캐릭터가 정말 드물다는 것입니다. 드문드문 나오는 묘사를 봤을 때 러브크래프트가 유색인종을 혐오하듯 여성을 혐오한 건 아닙니다. 그저 관심이 없었을 뿐이죠. 이유가 무엇이든, 작품에 남자만 줄곧 나오고 로맨스랄 것도 전혀 없으니 내용은 더더욱 삭막해집니다.

다만 4권의 짤막한 단편이나 일부 대필한 작품에서는 여성이 종종 등장합니다. 형언키 어려운 무언가가 둔갑한 모습일 때도 있지만, 정말 멀쩡하고 착한 여자일 때도 있습니다. 그때의 묘사를 보면서 간만에 러브크래프트에게서 인간미를 느꼈던 기억이 납니다.

그래요… 예쁜 여자 보고 예쁘다고 느낄 정도의 감각은 있었군요. 다행이야. 흑흑.

난 이래 봐도 결혼도 했다.

그러나 만사는 뜻대로 되지 않았다. 늘 그렇듯이.

Chapter 11

Franz Kafka

침묵 속 난해한 환상

카프카의 단편들

프란츠 카프카. 그는 당시 오스트리아·헝가리 제국령이었던 체코의 작가입니다. 그리고 독일어로 기이한 실존주의 문학을 썼죠. 덕분에 독일 출신이 아님에도 독문학의 한 자리를 당당히 차지하고 있습니다.

정작 본인은 유태인인 게 유머.

사람이 벌레가 된 전대미문의 히트작을 쓴 작가로 특히 유명하죠.

ㄹㅇ??

카프카는 초초초 주류 작가입니다. 온갖 출판사에서 카프카 단편집 하나쯤은 낼 정도로 말이죠. 도서관 문학 코너에 가면 관련 도서 몇 개쯤은 기본으로 보실 수 있습니다. 이렇게 유명하다면 그 소설 내용도 무난하고 쉽고 재밌겠죠?

거, 너무 쉬운 작가군.

정작 내 인생은 하드코어 난도였지만 말이지. 죽고 나서야 카뮈 덕에 재평가받았다고.

예. 합당한 추론입니다.
보통은 유명한 작가라면
그 작품 또한 웬만한 성인은
무난하게 읽을 수 있는 내용입니다.
주류 문학치고 어려운 『데미안』도
어쨌든 성장 문학에서
많이 벗어난 내용은 아니죠.

근데 카프카는… 전혀 무난하지 않습니다. 오히려 작품을 읽으면,

이 작가 평소에
뭔 생각을
하고 사는 거야?

어려운데…?
대체 뭔 말을
하고 싶은 건데?

이런 말이 절로 나옵니다.
어떻게 주류 중의 주류인
작가의 글이 이렇게
난해할 수 있을까요?

그렇습니다. 카프카는 보기 드물게도 '특이해서' 주류가 된 작가입니다.

특이해서 주류가 된다고요?
앞뒤가 안 맞는데요?

특이하면 적당히
마니아층이나 생기지,
이렇게 온 동네 사람들이
다 읽고 칭찬할까요?

저도 솔직히
완전히 이해는 안 되지만…

짐작하건대, 그의 작품들은
대표작 기준으로 적당히 특이하고
적당히 어렵습니다.
그래서 대중들이 보기에 힙한 매력이
있고, 왠지 분석하고 싶어지는
작가라 그런 듯합니다.

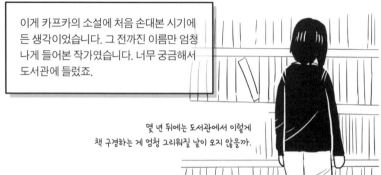

이게 카프카의 소설에 처음 손대본 시기에
든 생각이었습니다. 그 전까진 이름만 엄청
나게 들어본 작가였습니다. 너무 궁금해서
도서관에 들렀죠.

몇 년 뒤에는 도서관에서 이렇게
책 구경하는 게 엄청 그리워질 날이 오지 않을까.

살면서 책 찾다가 그리 당황스러운 건 처음이었습니다.

이 뭔….

'카프카'라는 말이 제목에 들어간 책은 무수히 많았지만 대부분 카프카를 활용하거나 분석한 책이었고, 정작 카프카가 쓴 책은 그 사이에 몇 권만 꼭꼭 숨어 있었습니다.

『해변의 카프카』는 하루키 거고, 이건 학자들이 분석한 책, 이건 그냥 제목에 '카프카'가 들어간 에세이….

사람 하나를 사방에서 다 벗기고 해부해놨구먼.

작가로서 영광이라고도 할 수 있지만, 그 정도로 해체당하니 읽기도 전에 카프카가 불쌍하게 느껴졌습니다.

이성을 되찾고 다시 짚어보니 작품 구조나 작가의 시선이 상당히 독특한 건 사실이었습니다. 대표작 단편들이 기승전결이 딱 짜인 게 아니라 조금 산만하면서도 환상적이었고, 옆에서 거리나 사람들을 집요하게 관찰한 듯한 서술이 이어졌습니다. 이게 실존주의적 특징이라는 건 나중에야 알았습니다.

내가 말도 안 되는 걸 기대해서 그렇지, 진짜 좀 특이하긴 하다.

어쨌든 대충 이해는 했습니다.

게다가 작가가 말하려는 내용이 작중에서 확 드러나질 않아. 사방에서 분석하는 것도 이해가 가.

카프카의 최고 유명작은 「변신」인데 왜 그게 가장 유명해졌는지도 알겠어. 단편 중에서 그나마 제일 쉽고 명확하고 재밌네.

「변신」도 쉬운 소설은 아니라서 제대로 이해하려면 고등학생 이상은 돼야 하겠지만…. 개인적으로 제일 좋았던 건 「시골 의사」.

「변신」이 쉽고 명확?!

넹. 놀랍게도.

아무튼 어떤 느낌인지는 잘 알겠어.

더 깊이 파고들 만큼 좋아하진 않으니 다른 책 보러 갈게!

이게 카프카와의 짧은 추억이었습니다.

그리고 2020년 6월에 무려 840페이지에 달하는 카프카 단편선이 출시됐죠.

독서 짬도 좀 찾겠다, 간만에 카프카를 다시 읽어보고 싶어졌습니다. 이번에 리뷰할 카프카 단편들은 국내에서 가장 두꺼울 이 단편선을 기준으로 합니다. 솔 출판사에서 나온 카프카 전집도 있는데 알아서 선택하시면 됩니다.

그렇게 책을 구매해 읽으면서…

안녕, 카프카.
오랜만이야!

지금은 훨씬 쉽게
읽을 수 있겠지?

대표작은 진짜 쉽고 재밌는 것만 모아놨다는 사실을 온몸으로 깨달았습니다.

멍청한 독자군.

뭔 소리야 이게.

정신나갈것같아정신나갈것같아
정신나갈것같아정심나가서먹을것같아

현대문학 단편선으로 하는
리뷰는 『오 헨리』 이후 두 번째인데요.
두 개 다 벽돌급 두께이면서도
극과 극이었습니다.

넉넉한 몇백 개의
꿀잼 단편 중 50여 개를 골라
수록한 『오 헨리』편.

그리고 온갖 출간작 다 끌어오다 못해 작가 본인이 불태워달라고 부탁한 원고들까지 싹싹 긁어모아 수록한 『프란츠 카프카』편.

※물론 수록된 것들 외에도 카프카가 쓴 편지나 일기, 장편 등은 많습니다.

Ⅰ. 카프카에 의해 출판된 책들과 작품들
1. 관찰(1912)
국도 위의 아이들 / 어느 사기꾼의 가면을 벗김 / 갑작스러운 산책 / 결심들 / 산속으로의 소풍 / 총각의 불행 / 상인 / 멍하니 밖을 바라봄 / 집으로 가는 길 / 뛰어 지나가는 사람들 / 승객 / 옷 / 거절 / 경마 기수들을 위한 숙고 / 골목길로 난 창 / 인디언이 되고 싶은 소원 / 나무들 / 불행함
2. 선고(1913)
3. 화부(1913)
4. 변신(1915)
5. 유형지에서(1919)
6. 어느 시골 의사(1919)
신임 변호사 / 어느 시골 의사 / 맨 위층 싸구려 관람석에서 / 한 장의 고문서 / 법 앞에서 / 자칼과 아랍인 / 광산의 방문객 / 이웃 마을 / 황제의 칙명 / 가장의 근심 / 열한 명의 아들 / 형제 살해 / 한바탕의 꿈 / 어느 학술원에 드리는 보고
7. 어느 단식 광대(1924)
최초의 고뇌 / 어느 작[은] ?? ?? / ?? 광대 / 요제피네, 여가수 또는 쥐의 종족

Ⅱ. 카프카에 의해 ?? ??지와 신문에만 발표된 작품들
기도자와의 대화 ?? ?? ?? 소음 / 양동이 탄 사내

Ⅲ. 카프카 사후 ??
어느 투쟁의 묘사 ?? ?? 시골 학교 선생 / 중년의 노총각 블룸펠트 / 다리 / 사냥꾼 ?? ?? ?? 의 축조 때 / 마당 문을 두드림 / 이웃 사내 / 어느 튀기 / 일상적인 ?? ?? 에 관한 진실 / 세이렌들의 침묵 / 프로메테우스 / ?? ?? ?? 공동체 / 밤에 / 거부 / 법에 대한 의 ?? ?? 진병 / 시험 / 독 ?? ?? ?? / 귀가 / 돌연한 출발 / 변호사 ?? ?? ?? ?? 에 관하여 / 굴

그러니까 감안하셔야 해요. 모든 글이 다 재밌지는 않습니다.

아니, 잘 알려진 대표작을 제외하곤 아마 카프카에 특별히 애정이 없다면 지루하게 느껴질 가능성이 큽니다.

하지만 이 단편선을 읽은 걸 후회하지는 않아요. 후회하느냐 안 하느냐의 기준은 대체 불가능성 유무인데요. 예를 들어, 어떤 판타지 소설을 봤는데 그게 질이 별로라서

내가 마법 학교 틴 무비를 원하면 『해리 포터』를 보고, 하드코어 정치물을 원하면 『얼음과 불의 노래』를 보고, 세계관 덕질을 원하면 톨킨 책을 보고, 종교적 비유를 원하면 『나니아 연대기』를 봤겠지! 이게 뭐야! 아무것도 아니잖아!

이렇게 대체재가 우르르 생각나면 그때 그 소설을 읽은 게 후회됩니다.

근데 카프카의 소설들은 읽으면서 대체 불가능한 매력을 느꼈습니다.

적당히 특이하다는 말도 유명한 대표작 기준이지.

나머지 글들은 정말 너무 특이하다.

대체 작가가 평소에 뭔 생각을 하고 살았길래 이런 글이 나오지?

부조리, 실존주의 기반이면서도 환상적이고, 대화의 흐름이 도저히 이해가 안 가면서도 깊은 의미를 담은 거로 보여.

실존주의를 원하면 카뮈 보실래요?

카뮈는 이렇게까지 특이하지 않아.

부조리를 원하면 아쿠타카와 단편들 보실래요?

그건 이것보다 더 부조리에 집중되어 있고…. 그래, 그나마 카프카랑 닮아 있긴 하지.

특징 1.
부조리, 그리고 외면

카프카의 단편에 어떤 주인공,
혹은 그 주인공이 관찰하는
중요 인물이 나왔다?

그러면 그는 행복할 수가 없습니다.
이건 거의 예외가 없습니다.
클리셰를 넘어선 법칙과 같아요.

주인공이 평생 어떤 문안으로 들어가고자
했다면, 결국 늙어버린 그의 앞에서 문은
영영 닫혀버립니다.

이 문은 오직
자네만을 위한
것이었다네.

주인공이 환자를 위해, 자신의 소임을
위해 노력한다 해도, 그의 노력은 대가
없는 방황으로 돌아옵니다.

하녀도 환자도
구하지 못한 나는
그저 힘없는
의사일 뿐이오….

추운 날 석탄 한 삽을 얻으려 한 주인공은 무시당하고, 한물간 단식 광대는 동물 우리로 밀려나 외면당합니다.

제발 석탄을 조금만 주시오.

추운데 나가지 마요, 여보. 밖에는 아무도 없어요.

가장 극단적인 예는 「변신」과 「선고」를 보시면 됩니다. 불쌍한 주인공은 가족에게까지 외면당하거나 잔인한 일침을 맞습니다. 그들은 결말에서 모든 걸 포기하고 죽음을 맞이합니다.

부모님, 저는 항상 당신들을 사랑했습니다!

가장 하드코어한 예는 「유형지에서」를 보시면 됩니다. 솔직히 저는 「변신」보다 「유형지에서」가 더 대표작처럼 느껴졌어요. 어떤 처형용 기구가 주제인데, 정말 특이하고 충격적입니다.

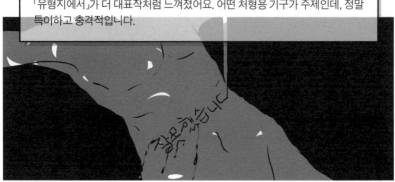

단적으로 말하면요. 카프카 단편의 주인공들은 진심으로 기뻐서 활짝 웃는 일이 없다고 보셔도 됩니다. 웃더라도 그건 그냥 사회생활용 웃음입니다. 그들은 항상 가라앉아 있거나 혼란스럽고 우울한 상태입니다.

특징 2.
관조적이고 침울한 서술

이렇게 말하니까 무슨 불행 포르노급으로 우울한 내용 같은데요. 직접 읽어보면 그렇진 않습니다.

과격한 서술이 정말 없어요. 시무룩한 감정 묘사를 하긴 하는데, 몇 발짝 떨어져서 무표정하게 말하는 느낌입니다.

결국 분위기 가라앉는 건 마찬가지지만.

대표작인 「변신」만 보더라도 그레고르는

아아! 단지 내 외모가 변했다고 이럴 수가 있단 말인가! 어제까지 자랑스러운 아들, 오라비였던 나를 이렇듯 박대하다니!

엄마, 벌레가 말도 해.

이러지 않습니다.

벌레가 되어 죽어가지만 화려하게 독백하지도 오열하지도 않습니다. 그냥 속으로 절망하고, 속으로 죽습니다. 가족들 역시 표정과 간접적인 태도 위주로 감정을 드러냅니다.

「유형지에서」를 다시 예로 들자면, 장교가 이 기계가 얼마나 끝내주는지 나불나불 설명할 때 주인공은

아, 그러시구나.
난 이거 좀 별로네요.

정도의 태도를 유지합니다.

「화부」에서 화부가 슈발에게 컴플레인을 걸 때도 마찬가지입니다. 그의 항의는 조용한 무시, 자잘한 비웃음으로 돌아오고, 이에 대한 화부의 고함 또한 지나가듯 허망하게 서술됩니다.

그래서 뭐랄까, 암 걸릴 정도까진 아니지만 좀 답답하실 수 있어요. 카뮈의 「이방인」도 그렇고 이것도 그렇고, 실존주의를 가미한 문학들은 대체로 '차분함+약간의 답답함'을 유지합니다.

으, 제발 누가 소리 좀 지르고 다 잘 해결해줬으면….

특징 3.
필터 끄고 맨눈으로 관찰하기

카프카의 소설은 묘사가 상당히 많습니다. 근데 배경이나 외모가 아닌 지극히 사소한 행동 묘사가 많습니다.

이 점이 다른 작가와 가장 차별되는 부분이라 생각합니다.

화자가 어떤 표정을 지었고, 어떤 자세를 잡았고, 흔한 인사치레 같은 말들을 어떻게 했는지 일일이 다 묘사합니다. 다른 작가라면 그냥 당연한 거라 생략했을 말들을 전부 쓰는 느낌이에요.

나는 팔짱을 끼고 눈을 어떤 식으로 떴다.

나는 다리를 어떤 식으로 두었다.

나는 어떠한 표정을 지었다.

…

우리가 무심코 하는 행동들은 너무 익숙해서 행위 당사자는 의식조차 하지 못합니다. 이미 너무 적응됐기 때문에 어떤 필터가 씌워진 것처럼요.

평소에 혓바닥을 어디에 두는지 의식 안 하잖아요. 근데 이 말 했으니 이제 하겠네. ㅋ 죄송.

그 필터를 카프카는 다 끄고 묘사하는 겁니다. '지금부터 숨 쉬는 거 의식한다?'라는 느낌으로요. 작가가 극도로 예민해야만 가능한 묘사법입니다. 그 방식으로 독자가 새롭고 자유로운 시선으로 세계를 보게끔 합니다.

그리고 이 특징 때문에 카프카 특유의 뜬금포 대화문들이 나옵니다. 필터 다 끄고 의식의 흐름대로 대화하는 느낌이죠. 그래도 잘 알려진 대표작들 속 대화는 일관성이 있는 편이지만…

정말로 그걸 믿지 않으십니까? 아, 제발 좀 한번 들어봐주십시오. 어린 시절 낮잠을 자고 있던 저는 어머니께서 다른 부인들과 모든 걸 예상한 듯 곰곰이 생각지도 않고 아주 명확하게 대화하는 소리를 들었습니다.

지금 질문하신 거죠? 자세 좀 바로잡을게요.

따로 책으로 나오지 않고 잡지, 신문에서만 산발적으로 발표한 작품들은 진짜 읽는 독자가 돌아버릴 것 같습니다.

뭔 소리야 이게.

정신나갈것같아정신나갈것같아
정신나갈것같아정심나가서먹을것같아

한심한 독자군.
게다가 복붙.

아마 메시지가 명확하지 않고
산발적인 느낌이 드는 것도
이 특징 때문일 거예요.
진짜 유명한 대표작 외에는
솔직히 뭘 말하고 싶은지 잘 모르겠고
'사실은 그냥 카프카가 자기
하고 싶은 대로 쓴 거다'라고 해도
'그렇구나' 하고 납득할 겁니다.

이런 말로 때워서 죄송합니다.
하지만 정말로 명확하지 않은 걸
단정 지어 말할 순 없잖아요….

제일 명확한 「변신」마저 그 주제가
'경제적 능력을 잃으면 망한다'인지
'삶의 허무함'인지 갈리는 마당에.

따지고 보면 카프카가 쓰는 소재들은 상당히 비현실적입니다. 소재만 훑어보면 완전히 환상 문학이죠. 근데 앞에서 말씀드린 예민하고 염세적인 특징 때문에 평범한 환상 문학과는 거리가 멉니다.

철저하게 현실의 비극성을 고발하기 위해 환상을 차용하는 느낌이에요.

특징 말하면서 자꾸 강조하게 되는데요. 카프카 작품들은 대체로 다 가라앉아 있고 비극적입니다.

말하면서도 점점 가라앉는 중입니다.

제일 유명한 카프카 빠인 카뮈는 이 비극적인 상황 묘사 때문에 희망이 더 확고해진다고 했는데…

뭐, 그건 굉장히 긍정적인 시각인 거고,

정작 카뮈 소설은 딱히 긍정적이지 않던데.

저는 그냥 특유의 비극을 즐기면서 봤습니다. 많은 카프카 팬들이 일단 그 비극성에 매료되며 덕질을 시작하지 않았을까요?

특징을 설명하다 보니 유명한 단편 내용들을 거의 다 말해버렸습니다. 그래도 할 수 있는 선에서 추천작을 말해보자면… 입문작은 계속 강조했듯 「변신」입니다. 진짜 웬만하면 이걸 첫 번째로 보시는 게 좋아요. 일반인 시각에서도 읽을 만한 무난한 단편입니다.

여기에 더해

카프카의 심상 세계를
별로 지루하지 않게 알고 싶어!

라고 한다면 「유형지에서」, 「어느 시골 의사」, 「어느 단식 광대」, 「어느 튀기」를 추천합니다. 「변신」보다 약간 더 마니악하고 환상적이면서 독특한 단편들입니다. 그리고 판타지적 요소가 아주 강합니다.

카프카가 이만큼 재밌게 쓰느라
참 힘들었겠다 싶습니다.
제가 개인적으로 좋아하는
작품들이기도 합니다.

위의 작품을 다 읽었고,

카프카의 심상 세계를
좀 더 지루하게 알고 싶어!

님,
비꼬는 거죠?

하핫,
아니에요.

라고 한다면,

「화부」, 「선고」, 「어느 학술원에 드리는 보고」를 추천합니다.

「화부」랑 「선고」는 카프카의 대표작들인데, 왜 3티어까지 내려가 있죠?

솔직히 재밌진 않잖아요. 저것들 무작정 추천하면 독서에 대해 편견만 더 생기고 나가떨어질 수도 있고.

제발 알아먹을 수 있게 말해줘요.

특히나 「선고」는 읽고 나서 의문만 잔뜩 생겨요. 해설이 필수적인 작품입니다. 카프카의 일생과 스타일을 좀 알아야 이해 가능한 물건이에요. 자아의 분리, 실존에 대한 갈망, 카프카와 그 부친의 답 없는 관계에서 비롯된 기묘함까지 다루는지라….

「어느 개의 연구」, 「요제피네, 여가수 또는 쥐의 종족」 등등 그 외 단편은 실제로 보고서 판단하시기를 바랍니다. 오락으로서의 독서가 아니라 연구 목적으로 읽어야 할 것들입니다.

이 방면에서 엄청 극단적인 단편으로는 「굴」이 있습니다. 굴을 파놓고 그 굴이 화자에게 어떤 의미인지, 굴 속에서 무엇을 할 건지를 약 40페이지에 걸쳐 써놓은 작품입니다.

Der Bau

이거 재밌다는 사람 있으면 도망치세요. 미친놈입니다.

이해해주세요, 여러분. 저는 지금 카프카를 까는 게 아닙니다.

대표작은 대중에게도 추천할 수 있어요. 내용도 상당히 독특하며 매력적입니다.

애당초 싫어했으면 이 벽돌 책을 사 읽고 리뷰하겠나요.

다만, 깊이 들어가려면 상당한 각오가 필요하다는 거죠. 카프카는 아주 얇은 겉 부분만 흙이고 그 아래는 콘크리트 같은 작가입니다.

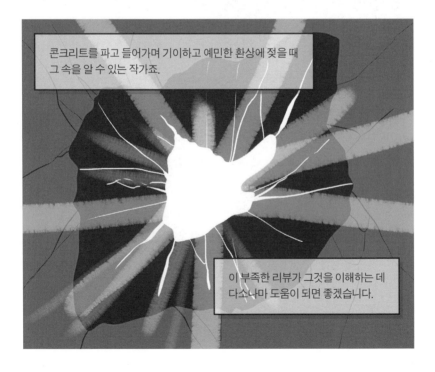

콘크리트를 파고 들어가며 기이하고 예민한 환상에 젖을 때 그 속을 알 수 있는 작가죠.

이 부족한 리뷰가 그것을 이해하는 데 다소나마 도움이 되면 좋겠습니다.

Behind Story

안타깝게도 이 리뷰에서 장편은 제외되었습니다. 카프카는 단편으로도 유명하지만 『소송』, 『성』 등의 장편 소설로도 잘 알려져 있습니다. 흥미가 생긴 독자 여러분은 장편도 시도해보시기를 바랍니다. 저는 단편집을 다 읽은 뒤 본래 주력했던 고전 장르 문학 독서로 돌아갔습니다.

책의 내용 때문일까요? 저는 카프카가 호탕하게 웃는 모습을 도저히 상상할 수가 없습니다. 농담이라는 것이 가장 안 어울리는 작가일지도 모릅니다. 생전에 문학으로 크게 성공했다면 많이 웃었을 수도 있지만, 안타깝게도 그는 죽고 나서야 재평가되었습니다.

죽을 때도 고작 40세였잖아…!

21세기에는 나름 인싸 작가라 다행인가.

이번에는 고전은 아니지만 제가 정말 좋아하는 '해리 포터 시리즈'를 소개하고
싶어 번외 편을 준비했는데요. 이 편은 서평이라고 하기도 좀 그렇습니다.
게다가 워낙 유명한 시리즈라 이미 리뷰가 많기도 하고요.

조금만 찾아봐도 이것보다 깊이
있는 서평이 많죠.
판타지 문학으로서 현대에 미친
영향이라든지, 하나의 장대한
영웅 서사시로서의 해석이라든
지, 다른 판타지 대작들과의 비
교라든지… 이런 분석은 제가
뭘 말해도 중언부언하는 꼴이
될 것 같습니다.

그렇다고 통렬하게
비판하는 건…

왜냐하면 '해리 포터 시리즈'는 제 어린 시절 추억 그 자체고,
살면서 가장 열정적으로 덕질했던 시리즈니까요. 그런 기억과
뚝 떼어 놓고 비판 못 할 만큼 애정이 깊습니다.

번외 편

Harry Potter

영웅과 마법과 성장의 이야기

'해리 포터 시리즈'

그래서 이번 리뷰는 오랜 추억을
곱씹는 과정이 될 것 같습니다.

아마 독자분 중에도 '해리 포터'와 어린 시절을 함께한 분이 계시겠죠. 함께 공감하며, 가볍게 산책하는 기분으로 봐 주시면 좋겠습니다. 시작해볼까요?

줄거리 소개에 앞서…

…근데 이거 굳이 줄거리를 소개해야 할까요? 이 책만큼은 안 해도 되지 않을까요?

아니, 딱히 귀찮아서가 아니라

아무튼 서론으로 '해리 포터 시리즈'
가 현재 성인들에게 어떤 의미인지에
대해 말하고 싶습니다. 이 시리즈의
첫 번째 작품인 『해리 포터와 마법사
의 돌』은 1997년에, 완결작인 『해리
포터와 죽음의 성물』은 2007년에 출
간되었습니다. 10년의 세월을 독자들
과 함께한 거죠.

여기서 '함께한다'는 것은 단순
히 책을 읽는 것 이상의 의미를
담고 있습니다. 왜냐하면 '해리
포터 시리즈'는 학원물의 탈을
쓴 영웅 서사시거든요. 속이 어
떻든 겉은 학원물이고 틴 드라마
같은 구성을 취합니다.

틴 드라마 주인공의 조건
매 시즌 목숨이 위태로운가?
시비 거는 양아치가 나오나?
내 아빠가 양아치였나?
우리 엄마랑 연애하고 싶어
한 어떤 지질이가 내 전담
교수인가?

작품 속 시간 흐름도 현실과 맞췄어요.
주인공 일행은 시리즈마다 나이를 한
살씩 먹고 소설도 거의 1~2년 간격으
로 총 일곱 권이 나왔습니다. 그러니까
주인공 해리는 시리즈 시작할 때 11세
이고 끝날 때는 17세로 사실상 성인이
되며 마무리됩니다.

7years

현실에서 주인공과 비슷한 나이대에 『마법사의 돌』을 처음 본 독자역시 그렇습니다. 시리즈가 처음나왔을 땐 꼬꼬마였지만 완결될 즈음에는 10년이라는 시간이 흘러성인이 되었습니다.

반드시 이렇게 시기를 딱딱 맞춰읽지는 않을지라도 대체로 '해리포터 시리즈'는 10대 초중반에 많이 읽고 완결을 봅니다. 그래서 흡사 주인공과 함께 인생을 보내고 성장한 기분이 듭니다.

호그와트가
진짜 있었으면
석·박사 세 개씩
땄지. ㅋㅋㅋ

난 지금도
그 주문들
다 기억해!

그리고 그런 사람들이 지금은 20대,30대가 되어 한층 성인다운 시선으로 시리즈를 계속 읽습니다.지금도 스네이프, 해리 성전환시키고, 말포이 갈구며 놀잖아요? 다들그 캐릭터와 내용을 계속 소비하고싶은 거죠.

정말… 한결같이
한심하시네요?
교수님.

릴리의 외모,
그리고
그 새끼의 눈…!

왜냐하면 독자 입장에서는 '해리 포터 시리즈'가 아동기, 청소년기의 추억 그 자체이기 때문입니다.

와, 그럼 님도 그랬겠네요?

전 입덕했을 즈음에 이미 『혼혈 왕자』까지 나와 있었던지라 약간 늦었어요.

그래도…

덕질은 누구보다 제대로 했습니다.

열한 살의 저는 집에 있는 『마법사의 돌』을 어쩌다 심심해서 읽기 시작했고,

5권에서 누구 죽는 건 별로 안 슬펐는데, 6권에서 누구 죽는 건 진짜 슬프더라.

사방에서 보라고 난리네. 어디 얼마나 재밌나 보자….

나 지금 스포당한 것 같은데 기분 탓이겠지.

숨도 못 쉬고 『혼혈 왕자』
까지 다 읽고,

조앤 롤링
그는 신인가!

이때까진 신처럼 보였음.

다음 편이 없길래 읽은 걸
수백 번쯤 다시 읽으며 시
간을 보냈습니다.

그림도 없고
재미없는 거
왜 봄?

닥쳐.

수백 번이라는 게 과장이 아니라
진짜 그랬어요. 초등학교 고학년
때 저는 다른 책을 거의 안 읽었
습니다. '해리 포터'만 읽고 또 읽
었죠. 그만큼 재밌었거든요.

책 진짜 좋아하네….
너 커서 뭐 될 거야?

오러.

?

아무튼 그랬기 때문에
거의 모든 내용을 머릿속에
박아버렸어요.

과장이 아니라, 엑스트라 풀 네임까지
다 외우고, 어떤 문장이 몇 권에서
나왔는지, 어디서 무슨 형용사를
썼는지까지 다 기억했어요.

살면서 그렇게 자세하게 외운 책은
'해리 포터' 말고는 없는 것 같습니다.

물론 지금은 그 정도까지는
아니니까 테스트하지 마세요.
기억력이 좋다기보다는 그냥 엄청
많이 봐서 가능한 거였어요.

아무튼 저는 기간만
짧았을 뿐이지
누구보다 열정적인
팬이었습니다.

당시 일기장&선생님 댓글(실화)

그 덕질의 역사는 『죽음의 성물』이 나올
때까지 계속되었습니다. 마지막 편이 나
온다는 소식을 듣고 거의 제정신이 아니
었습니다.
'해리 포터'가 어떻게 끝날지 궁금해서 꿈
까지 꾸고, 결말에 누가누가 죽을지 궁금
해서 미리 스포일러를 다 찾아봤어요.

충격이었다
설마 OOO가 죽을 줄은...

미리 찾아보면
재미있는지^^
근데 누가 죽을까??

생각해보니 굳이
스포일러 찾아다닌 저도 참….

어릴 때는 스포 개념이 없었음.
밥상머리에서 다 스포당하고
커서 그럴지도.

얘기가 길어졌는데, 어쨌든
이렇게나 사랑받는 시리즈
입니다. 세계 최고 수준으로
히트했다는 점에 반감을 가
지는 사람도 있겠지만요.

그만큼 매력 포인트가
뚜렷하기에 사랑받는 겁니다.
앞에서 말한 성장물적
요소 외에도요.

첫 번째 매력 포인트는 작품의 본질인 영웅 서사시입니다.

주인공 해리 포터는 선택받은 아이이고 비범한 사연을 지닙니다. 숙적인 볼드모트와 운명적으로 대치하는 소년이죠.

영웅이라면 응당 거쳐야 할 고난도 겪습니다. 조실부모하고 나쁜 친척들 사이에서 신데렐라처럼 큽니다.

하핫 꼬맹아! 생일날 옷걸이만 받으니까 서럽냐?

수시로 벽장에 감금하고, 학교도 제때 안 보내고, 밥을 굶겨도 아동 학대로 안 잡아가는 90년대 영국 시스템을 원망하렴!

그러다 뒤늦게 본인이 출생부터 비범했음을 알고 든든한 조력자도 얻으며,

눈을 떠 해리. 넌 마법사야.
은행에는 부모님이 남긴 산더미 같은 금화가 있고, 네 가난뱅이 친구가 그걸 부러워하겠지. 그래도 그 가난뱅이 친구 집안이 나중엔 네 처가이자 세계 최고 명문가가 되고, 네 여사친은 장관이 될 거라서 너는 정재계에 두루 인맥이 생길 거야. 대부에게서 순수 혈통 가문과 재산도 물려받겠지. 학교 하나도 제대로 못 먹은지질이는 무시하고 팬들도 다 큰 김에 정치극이나 하나 찍자. 근데 〈신비한 동물 사전 2〉를 봤을 때 작가한테 그런 능력이 있을지는 모르겠⋯.

각 편마다 영웅적 풍모를 과시합니다.
그리고 종국에는 볼드모트의 영혼 조각을
끌어모아 그를 죽음으로 몰아넣죠.

플롯 자체가 전형적인 영웅
서사시예요. 어느 시대에나
먹히는 이야기입니다.
이걸 학원물, 판타지와 결합
해서 독자가 쉽게 몰입할 수
있게 했죠.

볼드모트가 사라졌다.
흉터는 더 이상 아프지 않았다.

두 번째 포인트는 '흡사 실제로 있을
것 같은' 디테일입니다.
음… 이 나이 먹고 이런 말 하기 좀
그렇지만,

closed

전 지금도 골목에 있는 문 닫힌 작은 가게를 보면,

저기에 마법부나 성 뭉고 병원이 숨겨져 있나?

하는 생각이 듭니다.

'해리 포터 시리즈'의 세계관은 겉보기엔 현실 세계와 별다를 게 없습니다. 그러나 실제로는 마법사들이 숨어 살고 있다는 설정이죠.

머글(일반인)   마법사

사는 구역만 좀 다를 뿐 같은 세계에서 살아간다.

그들은 머글과의 교류를 최소한으로 하고, 마법을 이용해 눈속임합니다. 그 방법들도 매우 아기자기하고 재밌습니다. 묘하게 현실감이 살아 있어서 실제로 마법사가 존재할 것 같죠.

기억 소거! 눈속임! 변신!

한창 덕질할 때는 그 설정이 대충 믿어질 정도입니다. 그냥 패션 센스 특이한 사람도 머글 옷을 입은 마법사로 보이고, 구석진 곳의 가게는 마법 세계로 통하는 길목으로 보이고, 폐허 같은 오두막은 마법으로 눈속임한 호그와트일 것 같죠.

킹스크로스역 9번 승강장과 10번 승강장 사이 플랫폼은 일단 뛰어들어야 할 것 같고요.

이 아기자기한 디테일과 콘셉트질은 외전 격인 책에서까지 이어집니다. '해리 포터'가 한창 나오던 시절에 소설 외에도 딸려 나온 책들이 있었습니다. 바로 『신비한 동물 사전』, 그리고 『퀴디치의 역사』죠.

지금은 개정됐던데…
제가 본 건 낡은 느낌이
살아 있고, 정말 마법 세계에서
온 것 같은 디자인이었습니다.
특히 『신비한 동물 사전』이
보통이 아니었어요.

겉에는 동물이 할퀸 듯한 자국이 있고,
저자도 조앤 롤링이 아니라
뉴트 스캐맨더라고 쓰여 있고,
책 안쪽에도 뉴트 스캐맨더의
이력이 있고!

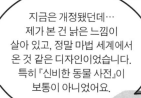

내부에는 디테일 넘치는 마법 동물들
설명과 함께, 해리와 론과 헤르미온느가
남긴 낙서들이 곳곳에 있습니다!
콘셉트질도 이 정도면 예술이죠!

너무 예술이라…
처음 볼 땐 진짜로 마법 세계의
『신비한 동물 사전』이
우리 집에 흘러들어온
거로 믿었음.

닥쳐. 오타쿠는
그런 거 없어!

그거 볼 때가 12살은 됐을 땐데,
그런 거 진지하게 믿을
나이는 아니잖음?

『퀴디치의 역사』는『신비한 동물 사전』만큼 재밌지는 않은데 퀴디치의 기원에 관한 내용과 아기자기한 설정이 많아서 괜찮습니다. 깨알같이 아프리카의 퀴디치 팀까지 다 소개하고 있어요.

우간다가 새로운 퀴디치 강국이라고 합니다.
대륙별로 소개는 다 되어 있는데,
이상하게 아프리카가 기억에 남네요.

아프리카 마법사라고 하니까
갑자기〈신비한 동물 사전 2〉
생각나서 PTSD 오네요.
심호흡 좀 하고 올게요.

하여튼 '해리 포터 시리즈'의
중요한 매력은 이 아기자기한
설정과 현실감, 디테일입니다.

하여간 롤링 여사가 미시적 설정은
끝내주게 잘해요. 거시적 설정,
화폐 가치 설정은 망했지만요.

1편 쓸 땐
내가 가난해서
돈을 몰랐어….

그건 알겠으니까
트위터 좀 꺼봐요.

마지막 포인트는 다름 아닌 캐릭터성입니다.

학구열 넘치는 책벌레 모범생

온화한 교수님인데
사실은 늑대 인간

열등생이지만
슬픈 과거가 있고
갈수록 환골탈태

사차원+백치미+
하지만 의리 넘치는 개념캐

주연부터 조연까지 각자의 드라마가 있는 것은 물론,
덕후 몰이를 할 만한 캐릭터로 가득합니다. 다들 개성
넘치고 매력적이며 팬픽거리를 한가득 안겨줍니다.

여기에 작가 특유의 맛깔나는 필력이
합쳐져 역대급 팬덤이 생겨났습니다.
대부분 캐릭터가 미형이라는 묘사가
없는데도 말이죠.

별도로 쓸까 하다 말았는데,
조앤 롤링의 강점이
이 세심하고 맛깔나는
필력이라고 생각합니다.
진짜 쉬우면서 재밌게 써요!

해리포터와
무수한
팬픽션

그 영향 때문인지 '해리 포터' 팬픽은 세계적인 규모를 자랑합니다. 그 양을 생각하면 독자들이 한 번쯤 생각해본 전개를 다룬 팬픽이 이미 존재할지도 모릅니다.

개인적으로 해리와 헤르미온느가 바람피우는 팬픽을 보고 싶습니다.

...

볼드모트가 대머리가 아닌 상태로 부활하는 팬픽도 보고 싶군요. 솔직히 본인도 부활했을 때 코도 없고 머리카락도 없으리라고는 상상도 못 했을 겁니다. 영생을 살겠다고 그 난리를 쳤는데 생긴 것도 이상해진 데다 팔순도 안 돼서 죽었으니 참으로 슬픈 일입니다.

아무튼 '해리 포터'의 캐릭터들은 주연, 조연을 가리지 않고 사랑받습니다. 단순히 글을 잘 쓰는 게 아니라 오타쿠를 자극하는 뭔가가 있어야 가능한 일이죠.

저는 '해리 포터'에서만큼은
딱히 최애 캐릭터가 없습니다.
굳이 꼽자면 론이 좋은데,
대체로 골고루 좋아해요.

다들 각자의 매력이 있어서
굳이 한 명을 꼽을 필요를
못 느끼겠습니다.

< 좋아하는 캐릭터 목록 >

-론

- 헤르미온느
- 네빌
- 슬러그혼
- 프레드, 조지
...

뜬금없이 슬러그혼 교수가 왜 있냐고 묻는 분들께:
슬러그혼은 재능 있는 학생을 좋아하고
그들을 미래를 위한 장기말로 봅니다.
냉철하면서도 선을 지키는 캐릭터라 좋아합니다.

한동안 엄청나게 인기였던 스네이프는 오히려 별로였어요. 어쨌든 교수로서는
최악이고 죽음을 먹는 자 활동까지 했는데, 그거 다 퉁치고 미화하는 게 영 그렇
더라고요. 오히려 요즘 좀 까이니까 찐따미 느껴져서 좋았습니다.

비록 넌 에미 애비
얼굴도 모르고 자랐지만
내 바지 벗긴 일진 놈 자식이니
그리핀도르에 마이너스 50점.

첫사랑 못 잊고
그 자식한테 이러는 거
너무 추하고요.

건방진 새끼.
아이콘택트하면
목숨만은 살려주지.

앞의 세 가지 외에도 말할 게 많습니다. 예를 들어, '해리 포터 시리즈'는 마법 세계에 빗대어 보편적인 사회적 가치를 이야기합니다. 사랑이나 평등 같은 거요.

시리즈 안에서 사랑은 가장 강력한 마법을 일으키고, 작가는 머글 출신과 순수 혈통을 통해 차별이 얼마나 불합리한지를 말합니다. 서사 속에서 자연스럽게요. 이런 비유는 아주 훌륭하다고 생각합니다.

사랑을 모르는 톰이 불쌍해요!

시리즈 한 줄 요약

근데 초 챙은 왜….

예, 아무튼!

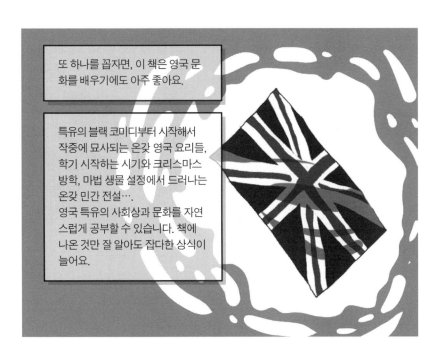

또 하나를 꼽자면, 이 책은 영국 문화를 배우기에도 아주 좋아요.

특유의 블랙 코미디부터 시작해서 작중에 묘사되는 온갖 영국 요리들, 학기 시작하는 시기와 크리스마스 방학, 마법 생물 설정에서 드러나는 온갖 민간 전설….
영국 특유의 사회상과 문화를 자연스럽게 공부할 수 있습니다. 책에 나온 것만 잘 알아도 잡다한 상식이 늘어요.

음식으로 예를 들자면요.

괴이한 영국 요리 목록 좀 봐봐. 블랙 푸딩이랑 해기스랑….

알아! '해리 포터'에 다 나왔음!

영국 중심주의

마법 세계는 대체
어떻게 돌아가는 거임?

중간중간
개연성 없어짐

총 왜 안 씀?
아바다 케다브라
분당 600발인데?

차별 반대한다며
늑대 인간, 집 요정
차별은 개선 안 함?

물론 어떤 포인트에서
비판을 받는지는 압니다.

다 공감해요.
맞는 말이에요. 그래도….

작가가 작품 망치는 중

덤블도어와
그린델왈드는
농밀한 사이…

묘사가
현실성 없음

헤르미온느가
흑인ㅋㅋㅋ얽ㅋ

작가가 본인 작품 설정
뒤에서 푸는 중

마법 세계에는
18세기까지
변기 없었음 얽ㅋㅋ

고전 리뷰툰

2021년 4월 8일 1판 1쇄 발행
2024년 8월 10일 1판 4쇄 발행

지은이	키두니스트
펴낸이	한기호
책임편집	유태선
편 집	도은숙, 정안나
디자인	김경년
마케팅	윤수연
경영지원	국순근
펴낸곳	북바이북

출판등록 2009년 5월 12일 제313-2009-100호
주소 04029 서울시 마포구 동교로12안길 14, 2층(서교동, 삼성빌딩 A)
전화 02-336-5675 팩스 02-337-5347
이메일 kpm@kpm21.co.kr
홈페이지 www.kpm21.co.kr

ISBN 979-11-90812-13-9 03800